DREAMBOOKS★

사자왕 7

ORIENTAL FANTASY STORY & ADVENTURE

이대성 신무협 장편소설

dream
books
드림북스

사자왕 7

초판 1쇄 인쇄 2016년 4월 4일
초판 1쇄 발행 2016년 4월 14일

지은이 이대성
발행인 오영배
책임편집 편집부
일러스트 RASSIL
제작 조하늬

펴낸곳 (주)삼양출판사 · 드림북스
주소 서울시 강북구 도봉로 173
대표 전화 02-980-2112 팩스 02-983-0660
출판등록 1999년 3월 11일 제9-00046호

ISBN 979-11-313-0168-5 (04810) / 979-11-313-0413-6 (세트)

드림북스는 (주)삼양출판사의 판타지 · 무협 문학 브랜드입니다.

차례

第一章
공야

　백무량을 안내해 온 백통 대사는 침통한 표정으로 장경
각 입구에서 절을 하며 입을 열었다.

　"백통이 사백님을 뵙니다."

　"아미타불……."

　"……제가 모자라고 무능하여 시험을 돌파당했습니다."

　장경각 입구에는 이미 소식을 들었는지 어두운 안색의
노스님이 나와 있었다.

　시험의 돌파.

　이것은 근 몇십 년 만에 처음 있는 일이었다.

　노스님은 짧게 불호를 외운 다음 잠시 동안 백무량을 바라보다 느릿하게 입을 열었다.

"그래…… 시험을 통과한 사람이 저분이신가?"

"예. 사백님."

노스님.

그는 백무량을 응시하며 어두운 얼굴로 입을 열었다.

"시주들께서는 소승에게 용건이 있으신 것이외까?"

"예, 장경각주님. 한시가 급한 용무입니다."

장경각주, 그는 현재 정도맹주인 일각의 단 한 명뿐인 사형이었다.

일호 대사가 바닥에 엎드려 있는 백통을 잠시 동안 복잡한 얼굴로 바라보다가 말했다.

"너는 계율에 따라 곧장 면벽에 들어가거라. 그곳에서 더욱 스스로를 갈고닦아 나오거라."

"……알겠습니다, 사백님."

백통이 그렇게 물러가자 일호 대사는 백무량에게 말했다.

"안으로 드시지요, 시주."

백무량은 곽운벽과 함께 소림사에서 최고로 비밀스럽고 가장 경비가 삼엄한 곳이라고 알려진 장경각에 들어섰다. 그리고 일호 대사가 권하는 자리에 앉자마자 단도직입적으로 용건을 꺼내었다.

'시간이 없다.'

그것을 알았기에 백무량은 조금도 돌려 말하지 않았다.

직설적이고 꾸밈없는 진솔한 말투.

그리고 지루할 정도로 긴 이야기를 일호 대사는 인내심을 가지고 끝까지 경청했다.

하지만 역시나 돌아오는 반응은 곽운벽이 예상했던 대로 대단히 부정적이었다.

"아미타불……. 그러니까 젊은 시주의 말은 본사의 방장께서 천자마(天子魔, 파순)가 되셨다는 말이외까?"

"예. 장경각주님."

백무량의 단호한 대답에 잠시 동안 일호 대사의 입가에 허허로운 웃음이 그려졌다.

어이가 없는 것도 정도가 있어야 화가 나는 법이다.

일정한 선을 넘어가 버리면 지금처럼 화도 나지 않았다.

다른 사람도 아니고 정도맹주인 일각이 마왕이 되었다?

웃음만 나왔다.

'젊구나.'

눈앞에 있는 무당파의 제자.

그는 몇십 년 만에 처음으로 소림사의 관문을 통과한 고수였다.

비록 그가 소림사의 명성에 대단히 굴욕적인 행동을 하긴 했지만, 젊었기에 최대한 좋게 보려고 노력했다.

하지만 이건 참을 수 있는 한도를 지나쳤다.

"참으로 무례하외다, 시주는."

허허롭게 웃던 일호 대사가 한순간에 정색하며 말하자 불편한 공기가 장경각에 가득해졌다. 그러자 결국 그때까지 조용히 듣고만 있던 곽운벽이 조심스럽게 입을 열었다.

더 이상 가만히 있으면 곤란하다 여긴 것이다.

"저는 성심장의 장주인 곽운벽이라 합니다."

곽운벽의 말에 장경각주는 순간 고개를 갸웃거렸다.

"……아미타불. 시주, 방금 뭐라고 하시었소? 성심장이라 하신 거요?"

"예, 대사님. 제가 당대의 장주인 곽운벽입니다. 인사가 늦었습니다."

곽운벽이 최대한 예를 갖춰서 이야기하자 일호 대사의 얼굴에 당혹스러움이 떠올랐다.

무당파의 신진 고수인 백무량의 명성보다 성심장의 장주인 곽운벽의 명성이 훨씬 더 높았기 때문이다.

강호에서 성심장의 위치가 결코 낮지 않은 것이다.

"당대의 성심장주가 젊다고 듣긴 들었는데…… 설마 이 정도일 줄은……."

"밤낮으로 쉬지 않고 정진했더니 가문에서 저에게 과분한 책무를 맡겼습니다."

백무량은 곽운벽의 예의 바른 말투에 눈을 동그랗게 뜨고 그를 지켜보고 있었다.

이건 누가 봐도 평소의 미친놈처럼 보였던 곽운벽이 아니라 성실하고 깍듯한, 예의 바른 청년이 아닌가?

그 이후로도 곽운벽은 시종일관 겸손하게 예의를 갖추며 장경각주의 불편한 기분을 풀어 주기 위해 노력했다.

'대단하다.'

백무량은 곽운벽에게서 하나를 크게 배웠다.

그것은 바로 '처세술'이었다.

백무량이 속으로 곽운벽에게 감탄하고 있을 때, 장경각주가 퍼뜩 정신을 차리고 마뜩지 않은 얼굴로 재차 본론을 꺼내 들었다.

"한데 그대가 어찌…… 이 시주와 함께 온 것이오? 설마 그대도 본사의 방장이 마왕이라는 헛소리를 할 참인 게요?"

장경각주의 날 선 질문을 받자마자 곽운벽은 일단 크게 한숨부터 내쉬었다.

땅이 꺼져라 내쉬는 깊은 한숨.

거기에 더해진 고뇌에 찬 표정.

그것을 충분히 보여 주고 나서 곽운벽은 정말로 슬픈 얼굴로 장경각주를 바라보며 입을 열었다.

"얼마 전 정도맹주님께서 마교의 간교한 술수에 걸려서

부상을 당한 적이 있었습니다. 혹시 기억하십니까?"

"……아미타불, 물론이외다. 똑똑히 기억하고 있소. 교주에게 불의의 암습을 당한 것으로 들었소만."

곽운벽이 고개를 끄덕이며 정의감이 가득한 음성으로 말했다.

"그때 입은 부상으로 정도맹주님께서 사경을 헤매고 있을 때 정도맹에서 저에게 간곡한 부탁을 해 왔습니다. 맹주님의 상태를 봐 달라는 부탁이었지요. 당연히 저는 가문의 모든 업무를 제쳐 놓고 맹주님을 구하기 위해 한걸음에 달려갔습니다!"

"아미타불…… 고맙구려. 이제라도 빈승이 사제를 대신하여 그대에게 감사의 인사를 드리겠소이다."

장경각주가 정말 고맙다는 얼굴로 예의를 갖추자 곽운벽은 황공한 표정으로 고개를 저으며 말했다.

"정도맹주님은 오래토록 강호의 기둥이 되실 분입니다. 저는 당연히 해야 할 일을 했을 뿐입니다, 장경각주님."

"아미타불……."

장경각주가 곽운벽의 성실한 대답에 흡족한 얼굴을 해 보일 때 그때까지 눈빛을 반짝거리던 곽운벽이 갑자기 고개를 떨구며 침통한 음성으로 말했다.

"하지만 가문에서 첫손에 꼽히는 제 의술 실력으로도 도저히 역부족이었습니다. 맹주님께서는 이미 반쯤은 돌아가신 것과 진배없는 상태였던 겁니다. 그만큼 교주의 공격은 지독했고, 악마적이었습니다."

"아미타불…… 상태가 그리 심각했던 것이외까?"

장경각주가 처음 듣는 소식에 깜짝 놀란 얼굴로 되묻자 곽운벽이 고개를 끄덕였다.

그러더니 목소리를 낮추며 은밀하게 말했다.

"그때부터였을 겁니다. 맹주님의 몸에서 이상 상태가 발견되었던 것이. 육체의 내부 깊은 곳에서부터 원초적인 무언가가 꿈틀대고 있었습니다."

"……설마 그게 파순이라는 거요?"

"……."

곽운벽은 대답하지 않고 그저 안타까운 표정만 지어 보였다. 그러자 장경각주의 얼굴에 낭패와 혼란이 떠올랐다.

앞서 백무량의 이야기를 들었을 때와는 너무도 명백하게 다른 반응이었다.

"……."

백무량은 아까부터 곽운벽과 장경각주의 대화를 지켜보고 있다가 자신도 모르게 기가 막힌다는 표정을 해 보였다.

'이건 완전히 한편의 경극이 아닌가?'

곽운벽의 연기력은 단연 발군이었다.

관객들을 단번에 휘어잡는 몸짓과 표정.

거기에 더해진 감정에 호소하는 듯한 목소리.

'가장 무서운 건…….'

뒷말을 곧장 내뱉지 않고 적당하게 끊어 주며 상대방의 반응을 유도하는 저 태도.

저건 백무량으로서는 도저히 따라할 수 없는 영역의 대화법이었다.

'분명 내가 말한 거랑 내용 면에서는 크게 다를 바가 없는데…….'

하지만 설득력에 있어서는 비교가 되지 않았다.

백무량은 꿀 먹은 벙어리가 되어 입을 꾸욱 다물고 곽운벽을 바라보았다.

그가 완전히 다른 사람으로 보였던 것이다.

그러다 둘의 시선이 허공에서 마주쳤다.

순간 곽운벽의 입가에 은은하게 그려지는 웃음.

'나, 이런 사람이야.'

딱 그런 웃음이었다.

그리고 백무량은 고개를 끄덕였다.

'……졌다.'

방금 곽운벽이 보여 준 미소는 보는 사람으로 하여금 자연스럽게 패배감이 들게 만드는 그런 종류의 미소였다.

백무량이 입술을 푸들거리고 있을 무렵, 곽운벽은 눈을 감고 무언가를 혼자서 깊게 생각하는 장경각주를 바라보며 속으로 생각했다.

　'아직 나에게 확인해야 할 게 한 가지 더 남았잖아, 영감탱이?'

　이걸로는 부족했다.

　백무량보다 효과적으로 장경각주를 설득한 것은 분명 맞지만, 겨우 이 정도로 소림사의 무거운 엉덩이를 움직일 수 있을 거라고는 생각하지 않았다.

　일 자체가 워낙에 큰 사안인 만큼, 한번 움직이면 그만한 반대급부가 따르기 때문이었다.

　"아미타불……."

　한참 만에 불호를 외우며 눈을 뜬 장경각주는 백무량은 쳐다보지도 않고 곽운벽을 뚫어져라 응시하며 입을 열었다.

　"지금 그대가 한 말에 책임질 수 있겠소이까?"

　조금 전까지 뛰어난 연기력으로 표정을 감추고 있던 곽운벽이었지만 지금 이 순간만큼은 진심으로 진지한 얼굴을 하며 말했다.

　"제 의술은 지금껏 단 한 번도 거짓을 말한 적이 없습니다. 저는 이번 일에 가문의 명예를 걸 수 있습니다."

　"……아미타불."

장경각주의 얼굴이 급격하게 어두워졌다.

성심장의 장주.

나이가 어리긴 하지만 결코 그 위치를 무시할 수 없었다.

그런데 본인의 이름뿐만이 아니라 속한 가문의 이름까지 걸었다는 것은 그만한 확신이 있다는 소리다.

잠시 고뇌하던 장경각주가 조용하게 입을 열었다.

"그대의 말을 믿겠소이다. 다만…… 우리 쪽도 상황을 정확히 확인해야 할 필요가 있소."

장경각주는 입술을 달싹이며 바깥에 있는 누군가에게 전음을 날렸다.

잠시 후 장경각 내부로 누군가가 들어섰다.

아직은 앳되어 보이는 젊은 스님.

머리를 깎았지만 뽀얀 피부와 부드러운 선으로 보아 분명 상당한 미남자인 스님이었다.

공야는 장경각에 들어서자마자 지극한 공경의 예의를 갖추며 말했다.

"공야가 사백님의 부름을 받고 왔습니다."

장경각주는 잠시 젊은 스님을 바라보고 안타까운 얼굴을 해 보였다. 그리고 고개를 돌려 백무량과 곽운벽을 응시하며 말했다.

"이 아이는 맹주의 하나밖에 없는 제자요. 이 아이가 맹주를 만나게 되면 그대들의 말이 맞는지 확인을 해 줄 거요."

백무량은 공야를 바라보았다.

그리고 자신도 모르게 은은한 미소를 그렸다.

'과연 소림사라 이건가.'

다음 세대의 무당파를 이끌고 나갈 고수가 백무량, 본인
이라면 지금 눈앞에 있는 이 젊은 스님, 공야가 다음 대의
소림사를 이끌고 갈 차세대 신진 고수였다.

'그것도 화경의 고수.'

장경각에 불려 와서 아무것도 모르겠다는 난처한 미소를
그리고 있는 스님이 바로 차후에 신승이라 불리는 공야 대
사였다.

공야는 지금 어떤 상황인지, 스승인 일각의 이름이 왜 거
론되는지 모든 것이 궁금했지만 굳이 입을 열어 물어보지
않았다. 그저 순종적인 태도로 장경각주의 명령을 기다리
고 있을 뿐이었다.

"공야야."

"예. 사백님."

"오랜만에 네 스승을 만나러 가 보겠느냐?"

장경각주의 말에 공야는 순간 눈을 동그랗게 떴다.

그러다 진정 기쁜 표정으로 배시시 웃으며 되물었다.

"그게 정말입니까, 사백님? 제가 산문 밖으로 나가도 되

는 것입니까? 나가서 스승님을 뵙고 와도 되는 것입니까?"

"그래. 이제 너도 강호라는 것을 보고 올 때가 되었구나."

공야는 손으로 자신의 입을 틀어막고 웃음이 새어 나가려는 것을 가까스로 참았다.

진정으로 기뻐하는 표정.

그리고 그 표정을 마주하고서야 백무량과 곽운벽은 장경각주의 씁쓸한 얼굴이 이해가 되었다.

'이건 큰일이다.'

눈앞에 있는 이 녀석은 너무 순수했다.

무공은 화경의 경지에 이를 정도로 대단했지만, 그것 외에 다른 면으로는 새하얀 순백과도 같은 상태인 것이다.

'몹쓸 짓을 하게 되겠군.'

백무량이 씁쓸한 얼굴을 할 때, 그와 반대로 곽운벽은 악마 같은 음험한 미소를 떠올리며 기뻐했다.

'내가 완전히 망가트려 주마!'

저런 깨끗한 놈을 나쁜 길로 이끌고 가는 것은 그렇게 어렵지 않았다. 그리고 타락시키는 보람도 상당했다.

당장 머릿속에 떠오르는 방법만 해도 수십 가지가 되었으니까.

곽운벽이 그렇게 히죽거리고 있을 무렵 장경각주가 낮은 음성으로 입을 열었다.

"공야와 함께 백팔나한을 보내 드리겠소."

"……!"

백팔나한.

그들은 소림사의 존망과 관련된 일이 아니고서는 움직이지 않는다 알려진 최정예가 아니던가?

그 이름이 가지는 무거움에 백무량과 곽운벽이 순간 아연한 표정을 지을 때, 장경각주가 입을 열었다.

"최악의 경우 그대들의 말이 사실이라면 분명 그 정도의 힘은 필요할 테니까 보내 드리는 것이외다. 그리고……."

장경각주는 지금까지보다 더더욱 심각한 얼굴로 입을 열었다.

"본인이 백팔나한을 보내드리는 이유는 단 한 가지 때문이외다."

"……그게 무엇입니까, 장경각주님?"

"이 사안이 외부에 퍼져 나가는 것을 막기 위함이외다. 시주들 역시 본사의 명예를 지켜줄 것이라고 믿겠소이다. 아미타불……."

이것은 너무도 분명한 경고였다.

외부에 떠들고 다니지 말라는 경고.

그랬다가는 분명한 무력행사를 할 수도 있다는 위협이었다.

다행히도 백무량과 곽운벽은 그 경고를 결코 흘려듣지 않았다.

둘 모두 천년 소림의 경고를 무시할 만큼 간덩이가 부어 있지는 않았던 것이다.

"장경각주님의 말 명심하겠습니다."

곽운벽이 마른침을 삼키며 말하자 장경각주는 깊은 한숨을 내쉬며 공야를 바라보았다. 그때까지도 주변 돌아가는 상황을 파악하지 못한 공야를 응시하며 장경각주는 입을 열었다.

"네 스승을 만나면 네가 확인해 주어야 할 것이 있다."

"경청하겠습니다, 사백님."

"네 스승의 변화를 살펴보거라. 본래 불도를 수행하는 자에게는 마(魔)가 끼기 쉬운 법. 네 스승이 아직도 광명정대한 마음인지 아닌지 분명하게 확인해 보도록 하거라."

약간 난해한 말이었지만 결국 요점은 하나였다.

그걸 이해한 공야대사는 고개를 갸웃거리다가 입을 열었다.

"스승님의 신변에 무슨 심각한 변고가 생긴 겁니까, 사백님?"

"현재로서는 그렇다고 보인다. 그래서 백팔나한을 너와 함께 보내려고 하는 거다. 최악의 경우 네 스승을 제압해야 하는 변고가 생길 수도 있으니까."

공야는 거기까지 듣고서야 얼굴에 그리고 있던 미소를 지웠다. 그리고 아까부터 그를 뚫어져라 바라보고 있는 백무량과 곽운벽을 힐긋거리며 말했다.

"저 시주님들에게 제 사부의 광명정대함을 증명하면 되는 것입니까?"

"그래. 바로 그것이다."

"사백님의 말씀. 이제 정확하게 이해했습니다."

공야는 입술을 꾹 다물고 백무량과 곽운벽에게 다가와 말했다.

"가시지요, 시주님. 제 사부님을 만나러."

더운 콧김을 내뿜으며 말하는 공야.

그는 분명 지금 몹시 화가 나 있었다.

공야는 스승님의 건재함을 조금도 의심하지 않고, 오히려 모든 진실을 명명백백하게 밝혀서 백무량과 곽운벽에게 스승님의 명예를 더럽힌 대가를 치르게 만들 작정이었다. 하지만 화를 내고 있는 공야를 바라보는 곽운벽의 표정은 조금씩조금씩 악마같이 변해 가고 있었다.

'크흐흐. 이거 아주 더럽히는 재미가 있겠어.'

공야는 자신을 바라보는 곽운벽의 시선을 전혀 눈치채지 못하고 먼저 앞서서 걸어 나갔다.

그렇게 파순을 향해 소림사가 움직이고 있었다.

                    *   *   *

우규호는 기분이 좋았다.

갑작스럽게 마차 앞을 막아선 시체 같은 녀석들이 그의 예상보다도 강했기 때문이다.

"크흐흐, 너희들은 뒤로 물러서 있어라. 저놈들은 우리가 처리한다."

권광민이 보내 준 지원 병력들은 우규호의 명령에 고개를 끄덕이며 뒤로 물러섰다.

한눈에 보아도 정면으로 덮쳐 오는 적들의 기세가 심상치 않았던 것이다.

퍼어엉-!

우규호가 정면에 강력한 장풍을 쏘아 보냈지만 상대방은 그것을 너무도 쉽게 막아 냈다. 그러자 우규호의 눈이 흥분으로 붉게 충혈되기 시작했다.

"크하핫! 그럼 어디 이것도 한번 막아 봐라!"

쿠콰콰쾅—!

그의 통나무 같은 팔과 다리가 폭풍처럼 움직이며 자색의 전력을 담은 막강한 내력이 폭발했다.

그 엄청난 힘에 정면에 있는 배덕의 기사 둘이 짓뭉개졌고, 주변에 있던 네다섯 명도 함께 피해를 입었다.

"크하하! 어떠냐?"

"……."

　완벽하게 짓뭉개진 녀석들은 바닥에 누워 일어나지 못했지만 팔다리가 꺾이고, 목이 부러진 녀석들은 꿋꿋하게 자리에서 일어나 재차 우규호에게 덤벼들었다.

　녀석들의 숫자는 무려 백 명 정도.

　마라천풍대와는 세 배에 가까운 전력 차이였기에 우규호는 금세 수세에 몰렸다.

　권광민이 보내준 지원 병력들은 우규호의 명령을 착실하게 지키느라 제법 멀찍이 떨어져 있었다.

"헉헉…… 이, 이놈들이?"

　한둘을 완벽하게 부숴 놔도 다른 놈들이 그 빈자리를 대신해서 덤벼드니 우규호는 점차 궁지에 몰려서 버둥거리기 시작했다.

　초반부터 막강한 내력을 아낌없이 사방으로 뿌려 댄 탓에 금세 내력이 바닥을 보인 것이다.

"멍청한 불곰."

"다람쥐……."

　주상산은 지친 우규호의 옆에 서서 배덕의 기사들을 처

리하기 시작했다.

그는 우규호처럼 내력을 함부로 방출하지 않고 가까이 다가오는 녀석들의 심장만 노려서 꿰뚫어 버렸다. 철저히 기회만 노리면서 힘을 최대한 아끼는, 실용적인 움직임인 것이다.

우규호와는 정반대였다.

"다수와의 전투는 이렇게 하는 거다, 불곰. 너처럼 날뛰다가는 금방 잡아먹히지."

주상산이 그렇게 핀잔을 던질 때, 우규호가 인상을 찡그리다가 갑자기 번개처럼 움직여 주상산의 몸을 뒤로 잡아던졌다.

그러자 방금 전 심장이 완전히 뻥 뚫렸던 배덕의 기사가 주상산이 서 있던 곳에 검을 찔러 넣고 있었다.

"……멍청한 다람쥐. 다수와의 전투는 뭐가 어떻다고?"

"……."

주상산이 꿀 먹은 벙어리가 되어서 입을 다물고 있는데 갑자기 마차 문이 열리고 누군가가 걸어 나왔다.

낯이 익은 금발의 여인.

'어? 저 여자는…….'

분명 사막왕의 딸인 야율소하의 호위로, 마야라 불리는 이름의 여자가 아니던가?

저 여자가 왜 여기에 있지?

주상산의 얼굴에 궁금증이 떠오를 무렵 그녀 뒤를 시우와 공손천기가 따라 나왔다.

"다들 물러서라."

공손천기가 말하자 전방에서 싸우고 있던 자들이 썰물처럼 뒤로 물러섰다.

주상산과 우규호 역시 군말 없이 뒤로 물러나서 대기했다.

'교주님이 나서면 이런 놈들쯤은 한 끼 식사거리도 안 되는 거지.'

화경의 고수가 뿜어내는 강기에 맞는다면 제아무리 몸뚱이가 단단해도 부러질 수밖에 없었다.

그들이 그런 광경을 기대하며 지켜볼 때, 움직인 것은 공손천기가 아니라 마차에서 나온 마야였다.

"저놈들 먹어도 돼?"

"그럼. 마음껏 먹어라."

마야.

그녀는 고개를 끄덕이며 앞으로 나섰다.

그러자 주상산을 비롯한 마라천풍대 인원들의 얼굴에 의문이 떠올랐다.

공손천기가 아니라 마야가 갑작스럽게 전면에 등장했기 때문이다.

그들이 그 의문을 제대로 해소하기도 전에 그녀가 움직였다.

'어?'

순간 시우는 뒤에서 눈을 깜빡였다.

마야가 저 멀리 떨어져 있던 적들의 중앙으로 불쑥 이동한 것이다.

문제는 그녀가 저곳에 등장할 때까지 시우의 눈에는 아무것도 안 보였다는 데에 있었다.

화경의 고수 시우, 그의 눈을 속일 정도의 움직임인 것이다.

"……방금 저게 뭡니까, 주군? 분명 아무것도 안 보였는데 어떻게 저기까지 간 겁니까?"

"축지(縮地)다. 방금 그게 눈에 보였으면 이상한 거지."

공손천기는 시우에게 설명을 해 주다가 곧 흥미진진한 눈으로 마야를 향해 시선을 돌렸다.

저 녀석이 가진 권능의 힘은 흡식(吸食) 능력이었다.

간단히 설명하자면 무엇이든 먹어 치우는 능력.

'먹어 치운다'고는 하지만 그녀는 입이 아니라 다른 걸 사용해서 먹어 치웠다.

마야가 두 손을 뻗어 가장 가까이에 있던 배덕의 기사를 가볍게 만졌다.

단순히 만지는 동작.

그게 시작이었다.

으드득—!

갑자기 뼈가 부러지는 소리와 함께 배덕의 기사가 비명을 지르며 작게 쪼그라들었던 것이다.

그 후 마야는 혀로 입술을 핥으며 말했다.

"이거 맛있다."

그렇게 마야는 행복한 표정으로 식사를 하기 시작했다.

백여 명의 배덕의 기사가 사라지기까지 걸린 시간은 고작해야 일다경(대략 십오 분) 남짓.

가죽만 남아 있는 배덕의 기사들 가운데 서서 마야는 만족스러운 얼굴로 공손천기를 바라보고 있었다.

"이제 조금쯤 배가 불러졌다."

"그래. 다행이네, 그건."

공손천기가 고개를 끄덕일 때, 그때까지 줄곧 마차에서 상황을 지켜보다 갑자기 뛰어나온 초위명이 마야의 멱살을 잡아채며 말했다.

"배가 부르면 빨리 녀석을 토해 내!"

마야는 초위명을 무시하고 공손천기를 물끄러미 바라보았다.

'어떻게 할까' 라고 묻는 표정이었기에 공손천기는 고개를 끄덕이며 말했다.

"꺼내 줘라."

"네가 그러길 바란다면…… 알았다."

마야는 두 손을 기도하듯이 모았다가 떼어 냈다.

그러자 그곳에서 빛 무리가 일렁거리더니 곧 작은 고양이 한 마리가 기어 나왔다.

초위명이 번개같이 움직여 그 고양이를 안아 들며 말했다.

"괜찮나? 응?"

[……나는 괜찮으니 그렇게 호들갑 떨지 마라, 아이야.]

하지만 묘신을 바라보는 초위명의 표정은 노골적으로 일그러져 있었다.

걱정이 가득한 얼굴이었다.

그런 초위명을 바라보던 묘신은 자신의 앞발로 가볍게 그의 볼을 툭툭 치며 말했다.

[이건 나에게도 꽤나 재미있는 경험이었다. 그리고 죽지 않고 이렇게 멀쩡히 살았으니 그런 걱정스러운 얼굴 하지 마라, 아이야.]

"누가 걱정스러운 얼굴을 했다고 그래?"

초위명이 황급히 묘신을 내려놓으며 버럭 소리를 질렀다. 어찌 되었건 묘신이 멀쩡해 보이니 그도 적잖이 안심이 되었던 것이다.

묘신은 당황하는 초위명을 잠시 웃으며 관찰하다가 고개를 돌려 마야를 응시했다.

　그때 공손천기가 그런 묘신의 앞에 서서 물었다.

　"어때? 저놈 몸뚱이에 들어갔다 나온 소감이?"

　묘신은 공손천기를 물끄러미 바라보다가 말했다.

　[재미있는 질문이구나, 아이야. 무례한 질문이기도 하고.]

　"내 질문이 무슨 뜻인지는 알 텐데? 그리고 지금 급하니까 예의는 접어 둘게."

　[흐음…….]

　묘신은 앞발을 혀로 핥으며 잠시 딴청을 부렸다.

　하지만 공손천기는 인내심을 가지고 끈질기게 기다렸다.

　그러자 결국 묘신이 묘한 웃음을 입가에 그리며 말했다.

　[파순은 태초의 혼돈 그 자체다. 그리고 저 녀석은 그런 혼돈에서 태어난 괴물이지. 네가 궁금해하는 거라면 저 녀석이 파순을 죽일 수 있느냐 없느냐, 그거겠지?]

　"그래."

　[실망스럽겠지만 그건 불가능하다, 아이야. 저 아이에게는 그만한 힘이 없다.]

　공손천기의 얼굴이 일그러질 때, 묘신이 즐겁다는 듯한 얼굴로 말했다.

　[하지만 죽이지는 못해도 그게 아닌 다른 것들은 가능할

힘이 있지.]

"……그건 그나마 다행이군."

그거라도 없으면 곤란했다.

이제 곧 파순을 만나야만 하니까.

공손천기는 아까부터 자신만 계속 바라보고 있는 마야를 손짓해서 불렀다.

그러자 마야가 종종걸음으로 걸어와 공손천기의 바로 옆에 찰싹 붙었다.

"좀 떨어져."

"이 정도면 되겠나?"

"그래. 그 이상 다가오지 마라."

공손천기는 귀찮아하는 기색이 역력했지만 마야를 완전히 뿌리치지는 않았고, 마야 역시 그에게서 그다지 멀리 떨어지지 않았다.

그 모습을 지켜보며 묘신이 재미있다는 웃음을 입가에 그렸다.

[호오? 그건 각인 효과로군.]

각인 효과.

맨 처음에 본 대상을 부모처럼 여기고 따르는 효과였다.

쉽게 설명하자면 지금 마야는 공손천기를 부모처럼 인식하고 있다는 뜻이었다.

"서두르자. 그놈을 만나러."

공손천기가 다시 마차에 타자 마야가 잽싸게 그 뒤를 따랐다.

초위명까지 마차 안에 들어가고 나서 시우는 문을 닫기 전 머뭇거리며 말했다.

"점점 일이 제가 감당 못 하는 방향으로 흐르는 것 같아 걱정입니다, 주군."

한낱 인간의 힘으로는 감당할 수 없는 영역의 일들이 벌어지고 있었다.

화경의 경지에 들어서게 되면 세상이 내 것이 될 줄로만 알았는데 아니었던 것이다.

'이건 뭐 워낙에 괴물들이 많아야지…….'

시우는 지금 무척이나 우려스러웠다.

공손천기가 눈앞에서 점점 깊숙한 늪으로 빠져들어 가고 있는데, 자신이 아무런 도움을 줄 수 없다는 것이 염려스러웠던 것이다.

잠시 시우의 복잡한 표정을 지켜보던 공손천기는 피식 웃었다.

"네가 그렇게 건방진 소리 하는 걸 보니 제법 감동적이긴 하다. 하지만 걱정 마라. 조만간 모든 일들이 끝날 테니까."

오만한 표정.

본래 공손천기가 가지고 있던 그 자신감 넘치는 표정이 돌아온 게 안심이 되었는지 시우는 바람 빠진 웃음을 얼굴 전체에 그리며 대답했다.

"뭐…… 사실 주군이 갑자기 너무 먼 곳으로 가는 것 같아서 걱정이긴 합니다만…… 제가 어떻게든 끝까지 쫓아가서 뒤를 봐 드리겠습니다. 하기야 애초에 제가 아니면 그 모진 길을 누가 가겠습니까? 하하하……."

"낯간지러운 소리 그만하고 문이나 닫아라."

"옙, 주군."

시우는 재빨리 마차 문을 닫으며 마부석에 올라탔다.

그리고 자신의 텅 빈 손을 쥐었다 폈다 하며 곰곰이 생각에 잠겼다.

지금 상황에서 자신이 공손천기에게 무슨 도움을 줄 수 있을지 진지하게 고민하기 시작한 것이다.

그러는 도중에 마차가 출발하기 시작했다.

이제 일각과는 불과 하루 거리였다.

*   *   *

"보고 싶었어요, 아버지!"

파카후는 파순을 보자마자 대뜸 그를 안으며 기쁜 얼굴

을 해 보였다.

오직 곁에 있던 타타후만이 마뜩치 않은 표정을 지었을 뿐이다.

파카후는 고개를 돌려 타타후를 바라보며 해맑게 웃어 보였다.

"오랜만이네, 친구."

"……."

타타후는 파카후의 인사에도 별다른 대답을 하지 않았다.

그저 고개만 끄덕였을 뿐이다.

하지만 그러거나 말거나 파카후는 자리에서 일어나 타타후를 껴안았다.

약간의 저항이 있었지만 결국 파카후는 타타후까지 껴안을 수 있었다.

"너도 날 만나서 반갑지? 그치?"

"……그만큼 했으면 놔라."

"싫은데?"

파악—

결국 타타후가 짜증스러운 표정으로 파카후를 거칠게 밀어내자 파순이 입을 열었다.

"곧 손님이 올 거니까 그때까지라도 사이좋게 지내도록 해라."

"예, 아버지."

파카후는 헤실거리며 웃었고 타타후는 공손한 태도로 고개를 숙였다.

파순은 잠시 그런 둘의 태도를 지켜보다가 입맛을 다시며 말했다.

"타타후."

"예, 하명하십시오. 왕이시여."

"조만간 하계에서 떠날 생각이니 너무 이 녀석을 밀어내지 마라. 서로 협력하는 게 일을 진행하는 데 유리할 테니까."

파순의 직접적인 부탁에 타타후는 잠시 복잡한 표정을 지었지만 곧 순순히 대답했다.

"왕께서 그리 명하신다면 따르겠습니다."

"그래."

타타후의 충직한 대답을 들은 다음 파순은 파카후에게 고개를 돌려 말했다.

"너도 웬만하면 장난을 줄이도록 하고, 알겠지?"

"예, 아버지."

"그럼 둘 사이에 문제는 없을 거라고 믿고 나는 잠시 수면에 들어가겠다. 이번에 파카후를 부르느라 힘을 너무 많이 소진했거든."

타타후는 고개를 끄덕였다.

인간의 몸뚱이로 파카후를 소환한 것은 분명 커다란 무리가 되었을 것이다.

그나마 자신이 곁에 있었기에 버틸 수 있었던 것이지 그게 아니었다면 파순은 소환 직후 며칠 동안은 사경을 헤매었을 것이 분명했다.

파순을 객잔 후원에 모셔 두고 타타후가 바깥으로 나오자 그 앞을 파카후가 장난기 가득한 표정으로 막아서고 있었다.

"무슨 일이지?"

"그냥, 왜 나에게는 이런 늙은 몸뚱이를 준 건가 해서."

지금 파카후가 들어가 있는 몸뚱이.

그것은 바로 사천 지부에서부터 따라온 사천 지부 무력 단체의 대장인 염호군이었다.

오랜 시간 단련된 무인의 몸이었지만 나이 들고 노쇠한 것만큼은 숨길 수가 없었다.

파카후가 그게 불만인 얼굴로 묻고 있을 때, 갑자기 타타후가 비틀거리며 벽에 손을 기대었다.

"으음?"

"갑자기 왜 그래?"

타타후는 다가오려는 파카후를 손을 들어 제지했다.

그 순간 갑자기 타타후의 입과 코에서 막대한 양의 피가 흘러나오기 시작했다.

"어라? 갑자기 왜 그래?"

"……."

타타후는 눈앞이 흐려짐과 동시에 천천히 바닥에 무너졌다.

그가 이렇게 갑작스럽게 쓰러진 이유는 간단했다.

'배덕의 기사를 누가 한순간에 모두 죽였다.'

거리는 멀리 떨어져 있어도, 배덕의 기사는 타타후와 어느 정도 연결이 되어 있었다. 그런데 인간들을 죽이라고 보낸 녀석들이 한순간에 몽땅 죽어 나간 것이다.

그리고 지금 타타후에게 그 반발력이 고스란히 돌아왔다.

'빌어먹을…….'

하필이면 제일 거북스러운 놈 앞에서 이런 추태를 보이게 될 줄이야.

타타후는 이를 악물고 어떻게든 자리에서 일어나기 위해 버둥거렸다.

하지만 파카후는 그런 타타후를 억지로 눕히며 말했다.

"그렇게 힘 빼지 마. 내가 곁에 있잖아?"

"……."

"응? 그러니 아무런 걱정하지 말고 푹 쉬어, 친구."

타타후는 파카후의 다정한 말투에 문득 소름이 돋는 것

을 느꼈다.

이놈은 알 수 없이 불안한 놈이다.

굳이 가까이하지 않는 게 정답이었다.

파카후가 타타후를 가볍게 안아서 이동하려 할 때.

"……이거 놔라."

타타후는 온 힘을 쥐어 짜내서 그의 품에서 벗어나 바닥에 나뒹굴었다.

흙먼지를 뒤집어쓴 상태로 타타후가 헉헉거리며 숨 고르기를 하고 있자 파카후가 입맛을 다시며 물었다.

"너는 그렇게 내가 싫어? 대체 왜 싫은 건데? 그 이유나 좀 알자."

"……."

타타후는 대답하지 않았다.

그저 몸을 일으키기 위해 최선을 다할 뿐이었다.

한순간에 들이닥친 충격 때문에 몸뚱이가 엉망이 되었지만 조금만 쉬면 분명 괜찮아질 것이다.

막 타타후가 거기까지 생각했을 무렵.

파카후가 그에게 다가와 입을 열었다.

"그대로 조금만 쉬면 몸이 회복되는 거지?"

"……그래. 그러니 신경 쓰지 말고 너는 네 할 일이나 해."

"어떻게 신경을 쓰지 않을 수가 있겠어? 친구 사이에."

다시 한 번 파카후가 부축을 하려 하자 타타후는 다시 그
것을 뿌리치려 했다.

하지만 이번에는 뿌리치지 못했다.

퍼억-!

"컥!"

어느새 움직인 파카후의 손이 타타후의 심장 어림을 관
통하고 있었던 것이다.

눈을 부릅뜨고 있는 타타후의 귓가에 파카후가 속삭였다.

"이런 기회가 언제 다시 찾아오겠어. 안 그래?"

"너 이 자식……."

타타후의 얼굴이 새하얗게 변하는 순간 파카후가 미소
지었다.

"너도 내가 싫지? 나도 너처럼 눈치 빠른 놈이 싫어."

푸아악―!

피 분수가 뿜어져 나오고 타타후의 육체가 천천히 허물
어져 갔다.

그 핏물을 핥으며 파카후는 요사스럽게 미소 지었다.

第二章
파카후의 욕망

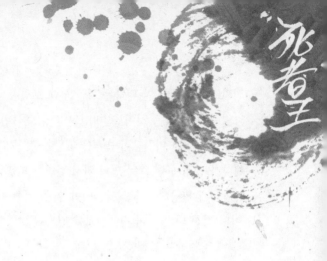

권광민은 한낮의 여유를 제대로 만끽하고 있었다.

후원에 나와 해바라기를 하며 느긋하게 차를 마시다 갑작스럽게 들려온 소식에 권광민은 들고 있던 찻잔을 내려놓았다.

"응? 방금 뭐라고 했어?"

전박은 멍한 얼굴의 권광민을 바라보며 차분하게 대답했다.

"사막으로 떠났던 인원들이 습격을 당했습니다."

"습격?"

"예."

권광민이 이해가 안 된다는 얼굴을 해 보였다.

그럴 수밖에 없는 것이, 천마신교의 깃발을 버젓이 걸고 이동하는데 어떤 미친놈이 습격을 했다는 것일까?

게다가 딸려 보낸 호위 병력 역시 얼마나 막강한데…….

사막에서 활동하는 도적단들이야 여럿 있겠지만 그중에서 어떤 정신 나간 놈이 천마신교를 건드린 것일까?

"그래서 얼마나 피해를 입었는데."

전박은 권광민의 대수롭지 않은 질문에 잠시 멈칫했다.

예상했던 대로 권광민은 지금 일의 심각성을 전혀 깨닫지 못하고 있었던 것이다.

그래서 전박은 돌리는 것 없이 직설적으로 입을 열었다.

"전멸입니다."

"그래, 주제도 모르고 우리 애들한테 덤벼든 놈들은 당연히 전멸했겠지. 나는 지금 우리 쪽 피해를 물어보는 거야."

전박은 권광민을 보며 다시 한 번 확실하게 단어 하나하나를 끊어서 대답해 주었다.

"우리 쪽 인원들이 전멸했습니다."

"……?"

권광민은 잠시 대답을 잊고 전박을 바라보았다.

자신이 들은 말이 순간 이해가 되지 않았던 것이다.

그러다 피식 웃으며 말했다.

"그게 무슨 말이야, 대체? 지금 나한테 농담하는 거지? 말이 되는 소리를 해야 믿지, 이거야 원……."

권광민의 반응에 전박은 아무런 대답도 하지 않았다.

그저 물끄러미 교주 대리인을 바라보았을 뿐이다.

그 장난기 없고 무미건조한 시선에 권광민은 잠시 마른 침을 삼키며 대답했다.

"지, 진짜야, 그럼?"

"예. 더불어 적풍단에서 독점 교역권을 저희에게 주기로 했던 계약을 일방적으로 파기하겠다고 통보해 왔습니다."

"뭐? 그놈들이 갑자기 왜?"

"이번에 본 교의 인원들을 습격한 게 바로 그놈들입니다."

"이 미친놈들이 감히!"

권광민이 분노한 얼굴로 자신의 머리를 쥐어뜯었다.

사태가 생각했던 것보다 훨씬 심각했던 것이다.

"모용세가의 사람들은 그럼 어떻게 된 거야?"

"……아까도 말씀드렸다시피 사막으로 나간 인원은 모두가 전멸입니다. 차후 생존자가 복귀할 가능성도 있겠지만…… 그 가능성은 대단히 낮습니다."

이건 전쟁이었다.

노골적으로, 더구나 정면으로 선전포고를 한 것과 다름이 없는 것이다.

도저히 그냥 넘어갈 수 없는 문제였다.

확실하게 본때를 보여 줄 필요가 있었다.

"지금 어느 정도 병력을 움직일 수 있지?"

권광민의 질문에 전박은 잠시 망설이다가 입을 열었다.

"직접…… 움직이실 생각이십니까?"

"그래야지. 우리 교주님도 안 계신데, 그럼 이건 내가 해야 할 일 아니겠어?"

전박은 전혀 기대도 하지 않았던 권광민이 책임감을 보이자 살짝 감동한 얼굴을 해 보였다.

항상 놀고먹기 바쁜 한량인 줄 알았는데 놀랍게도 최소한의 책임감은 있었던 것이다.

"현재 무력 단체들 중 세 곳 정도는 여유가 있습니다."

전박의 말이 끝나자마자 권광민은 몸을 일으켰다.

그리고 기지개를 펴며 툴툴거렸다.

"아! 마냥 놀고먹으려고만 했는데 그것도 여기서 끝이구나! 내가 설마 다시 그 불지옥에 기어가야 하다니……."

"사실 직접 가실 필요는 전혀 없습니다만……."

천마신교의 교주.

그 자리를 대신하고 있는 권광민이었다.

그는 단지 명령만 해도 충분했던 것이다.

하지만 의외로 권광민은 완강했다.

"아니, 직접 가야겠다."

"……알겠습니다. 그럼 그렇게 알고 준비를 해 놓겠습니다."

"그래, 부탁할게."

전박은 의외로 믿음직스러운 권광민의 모습에 고개를 끄덕이며 바깥으로 나갔다.

적풍단은 사막의 지배자였다.

비록 사막왕이라는 절대자가 죽어서 그 힘이 급격하게 약해졌다고는 하지만 아직 그 세력 자체가 무너진 것은 아니었다.

'그래도 이번 기회에 그들을 처리하는 것은 좋은 선택일지도 모른다.'

사막을 완벽하게 평정하고 그곳에 천마신교 분타를 세우게 되면, 차후에 독점 교역권만 있을 때와는 비교도 되지 않을 만큼 막대한 이득을 챙겨 줄 것이 분명했다.

게다가 이번에는 확실한 명분도 있지 않은가?

'시비는 저쪽에서 먼저 걸었다.'

전박이 그렇게 머릿속으로 전쟁을 대비한 여러 가지 필요 물품들을 계산하고 있을 때, 권광민은 속으로 사막왕의 얼굴을 그리며 입을 열었다.

"장인어른, 제가 갑니다."

사막왕의 딸들.

그들이 사막에 있었다.

사실 권광민은 그녀들을 만날 목적으로 무거운 엉덩이를 떼고 직접 움직일 생각을 한 것이다.

권광민은 콧노래를 흥얼거리며 오랜만에 외출 준비를 하기 시작했다.

  *   *   *

자혁과 야율소하.

그리고 마야는 공손천기의 뒤를 쫓으며 한 가지 신기한 사실을 알게 되었다.

"단 한 번도 쉬지 않고 움직이고 있다고?"

자혁은 고개를 끄덕였다.

지금 공손천기 일행은 무척이나 일을 서두르고 있었다.

가는 길에 지나치는 객잔이나 음식점들은 한 군데도 들르지 않고, 모든 시간을 할애해서 일각의 뒤를 추적하고 있었던 것이다.

이건 생각보다 너무 필사적인 태도가 아닌가.

"흐음……."

정도맹이 언제 어느 순간에 기습을 할지 몰라서 그런 것일까?

확실히 그건 납득할 만한 이유긴 했다.

이곳은 적진 한복판이었으니까.

'그런데…….'

조금 이해가 되지 않는 것은, 적들의 세력이 두려워서 조급하게 움직일 정도였다면 애초에 이렇게 무모한 짓을 하지 않아야 정상이라는 점이었다.

여기에 더 이해가 되지 않는 것.

그것은 바로 일각의 태도였다.

공손천기는 그렇다 쳐도 일각이 대체 뭐가 무서워서 천마신교의 교주를 피해 도망치고 있는 것일까?

무공이 모자라서?

병력이 밀리니까?

'둘 다 아니다.'

정도맹의 맹주로서 이미 이름을 떨치고 있는 그의 무공이 이제 막 떠오르고 있는 교주보다 못할 리가 전혀 없었다.

그렇다고 병력이 부족한가 하면 그것도 아니었다.

주변에 있는 문파들이 앞다퉈 일각에게 잘 보이기 위해

병력들을 보내왔던 것이다.

오히려 일각이 그들을 되돌려 보내고 있었다.

머릿속으로 여러 가지 가설을 세워 보던 자혁은 곧 고개를 저었다.

"아무튼 이제 하루나 이틀이면 공손천기 님과 마주칠 수 있다."

그의 말에 야율소하는 고개를 끄덕였다.

그들은 공손천기가 이동하는 것처럼 마차를 몰면서 무식하게 이동하지 않았다.

말을 타고 이동하다가 말이 지치면 기존 말을 근처 마방에 팔고 새로운 말을 사서 다시 빠르게 이동했던 것이다.

그래서 돈은 많이 들었지만 예상했던 것보다 더 빠른 속도로 공손천기를 추적할 수 있었다.

'시우……'

녀석을 만나서 오래된 복수를 해야만 했다.

자신의 형을 눈앞에서 죽인 원수.

그놈을 죽여야만 주군인 전윤수에게 다시 되돌아갈 수 있었다.

자혁이 막 거기까지 생각했을 때, 마야가 입을 열었다.

"시신이 있습니다."

자혁은 마야의 말에 고개를 옆으로 돌렸다.

과연 백여 구의 시신들이 사방에 어지럽게 널브러져 있었다.

그런데 묘한 것은 시신들이 피 한 방울 없이 가죽만 남은 채 널려 있다는 점이다.

'신기하군.'

무척이나 독특한 무공에 당한 것 같았다.

어떤 무공인지 호기심이 들었지만 자혁은 애써 무시했다.

지금은 이런 것에 시간을 할애할 여유가 전혀 없었으니까.

마야 역시 고개를 끄덕였다.

그녀도 시신들이 어떤 상태인지, 어떤 무공에 당한 건지 궁금했지만 그럴 시간이 없었다.

'공손천기……'

지금은 그를 만나면 어떻게 할 것인지를 고민해야 하는 시점이었다.

야율소하가 계획했던 것처럼 공손천기가 순순히 미인계에 당해 줄까?

'그리고……'

이상하게도 공손천기에게 근접해 갈수록 심장 한구석이 답답해졌다. 그리고 머릿속으로 누군가가 자꾸 중얼거리는 듯한 음성이 들려오곤 했다.

'신경 쓰지 말자…….'

사실 마야는 야율소하의 미인계 작전에는 별로 동의하지 않았다. 하지만 공손천기가 어떤 식으로든 앞으로의 길을 제시해 줄 거라는 데 일말의 기대를 걸고 있었다.

그렇게 그들은 각자 다른 생각으로 공손천기를 향해 달려가고 있었다.

*   *   *

"드디어 왔군."

가뢰호.

정도맹주 일각을 지키는 구룡대의 대주인 그는 자신의 앞으로 몰려오는 일단의 사람들을 보며 주먹에 힘을 주었다.

"너희들도 저쪽이 보이겠지? 벌써 그 유명한 교주가 도착한 모양이다."

"대주……."

구룡대의 인원들은 전원 긴장하고 있었다.

평소의 여유로움이나 느긋함은 온데간데없었다.

상대가 얼마나 강한지 잘 알고 있었던 탓이다.

하지만 그 대단한 신승 일각이 직접 구룡대의 고수들에

게 뒤쪽의 방비를 부탁했다.

'그러니 무슨 일이 있어도 지키는 게 도리겠지.'

사실 입 밖으로 말은 하지 않았지만 가뢰호는 지금 당장이라도 도망치고 싶었다.

천 명이나 되는 병력들.

그에 비하면 저쪽은 삼백여 명 정도.

병력면에서는 그들이 압도적으로 유리했지만 그래도 도망치고 싶었던 것이다.

'빌어먹을……'

정면에서 조금도 속도를 줄이지 않고 다가오는 마차 한 대.

그 마차를 중심으로 엄청난 고수들이 모습을 드러내기 시작했다.

가뢰호는 흔들리는 눈동자를 감추며 큰 소리로 외쳤다.

"막아라!"

"조, 존명!"

구룡대의 고수들은 앞다퉈 뛰어가기 시작했다.

그렇게 그들이 천마신교의 고수들과 부딪치자 사방에서 둔탁한 소리와 함께 비명과 욕설이 터져 나왔다.

시우는 사방에서 피 보라가 이는 와중에도 마부석에 조용히 앉아 있기만 했다.

아니, 그냥 조용히 앉아만 있던 것은 아니었다.

그는 끊임없이 주변을 둘러보고 누군가를 찾고 있었다.

그러다 시우의 눈이 번뜩이며 빛났다.

'저놈이다.'

가뢰호.

전장의 중심부에서 진두지휘하는 놈을 바라보며 시우는 서서히 내력을 모아 갔다.

저놈이 대장이었다.

그러니 저놈만 끝내면 일이 쉽사리 풀릴 것임을 짐작한 것이다.

'한 방.'

딱 한 방.

그것이면 충분했다.

시우는 작정하고 내력을 모은 채 몸을 날렸다.

중간중간에 있던 구룡대원들의 정수리를 짓밟고 평지처럼 달려가 가뢰호의 머리를 내려다보며 시우가 친근하게 웃었다.

"어쩌다 보니 인사가 늦었습니다. 반갑습니다."

"넌 누구냐?"

"아, 저는 시우라는 사람입니다."

누가 이름을 물어본 줄 아는 건가?

그리고 가뢰호도 사실 대답을 기대하고 던진 질문이 아니었다.

질문에 대답하는 순간에 생긴 작은 빈틈, 그것을 노린 질문이었다.

'죽어라.'

가뢰호는 대답은 기다리지도 않고 질문과 동시에 검을 찔러 갔다. 나름대로 강호에서 굴러먹은 경험을 이용해 정확한 순간을 노린 일격이었다.

단지 가뢰호가 미처 계산하지 못한 게 있었다면 그 상대가 하필 시우라는 점이었다.

콰앙—!

폭음과 함께 가뢰호가 뒤로 주르륵 밀려났다.

상대방은 이미 대응이 끝나 있었던 것이다.

"우웨액!"

가뢰호는 바닥에 피를 토해 내며 무릎을 꿇었다.

상대방이 빠르게 뻗은 주먹이 그의 검을 두 동강 내 버렸다. 그리고 그 반발력을 고스란히 받은 가뢰호 역시 입에서 피 분수를 토하며 뒤로 넘어갔다.

"그런 기습 방식은 사실 제 전문 분야라서……."

시우는 볼을 긁적이며 미안한 표정으로 중얼거리다 양손에 기운을 모았다.

적의 대장을 쓰러트렸지만 조금 더 확실한 결과를 만들기로 작정한 것이다.

쿠콰콰콱—!

사방으로 사나운 강기의 폭풍이 몰아치고 주변에 있던 많은 수의 사람들이 거기에 휘말렸다.

몇 명은 죽었지만 대다수의 고수들이 그 공격을 막거나 피해 버렸다. 그들을 전부 살상하기엔 기운이 부족했던 것이다.

하지만 시우가 애초에 노린 것은 딱 이 정도였다.

'나머지는 알아서 하겠지.'

과연 그러했다.

이렇게 다수 대 다수의 싸움에서는 단지 약간의 집중력을 흩뜨려 놓는 것만으로도 충분히 엄청난 효과를 거둘 수 있었다.

콰지직—!

으드득—!

"끄아아!"

"크헉!"

공손천기를 보호하던 고수들이 본격적으로 움직였다.

주의가 흩어진 고수들을 상대로 힘을 발휘하기 시작한 것이다.

시우는 숨어서 이 광경을 지켜보는 사람들이 꽤 많다는 것을 느꼈다.

'참 호기심 많은 동네네.'

저 구경꾼들을 다 잡아 족칠까 하는 생각도 들었지만 관두었다.

이런 곳에서 한가하게 시간을 지체하고 싶지 않았다.

최대한 빨리 정리하고 움직여야 했다.

일각을 만나야만 했으니까.

그때 갑자기 마차 문이 벌컥 열렸다.

'어?'

공손천기가 갑자기 앞으로 걸어 나온 것이다.

그의 얼굴은 무척이나 심각해 보였고, 더불어 기분도 좋지 않은지 퍽이나 불쾌해 보였다.

"무슨 일이십니까, 주군?"

"애들 다 마차 뒤쪽에 대기시켜."

"예?"

"더 늦기 전에 최대한 빨리."

시우는 더 묻지 않고 재빨리 아랫입술을 모아 높고 강하게 휘파람을 불었다. 그러자 한창 정신없이 구룡대 인원들을 학살하고 있던 고수들이 뒤로 빠지기 시작했다.

고수답게 한순간에 깔끔히 물러선 것이다.

"다 물렸습니다."

"너도 일단…… 뒤로 물러서."

시우는 공손천기의 말에 무어라 반박하려다가 관두고 뒤쪽으로 조금 물러섰다.

그러자 보였다.

저 멀리서 구룡대의 인원들 사이로 누군가가 걸어오는 것이.

약간 나이가 들어 보이는 노인이었다.

그는 공손천기를 보자마자 친근하게 미소 지으며 손을 흔들어 보였다.

"네가 공손천기야?"

노인.

염호군은 공손천기를 보며 너무도 편안하고 친근하게 말을 걸어왔다.

마치 동네 친구에게 말이라도 거는 것처럼 평범한 말투.

시우나 마라천풍대는 물론이고 구룡대의 인원들도 순간 당황한 얼굴을 해 보일 때, 공손천기만이 태연한 표정으로 고개를 끄덕였다.

"그래."

"우리 아버지가 널 많이 신경 쓰는 것 같더라. 그래서 호기심에 인사나 하려고 잠깐 들렀어."

"······그 망할 놈은 어디 있지, 지금?"

염호군, 아니 파카후는 공손천기를 위아래로 훑어보다가 빙긋 웃으며 손가락으로 뒤쪽에 있는 커다란 장원을 가리켰다.

"아버지를 말하는 거면 지금 저쪽에서 팔자 좋게 주무시고 계시지."

"그렇다는 말은 널 죽이면 그놈을 만날 수 있는 거네?"

우우우웅—

공손천기의 말이 끝남과 동시에 그의 전신에서 붉은빛 광채가 뿜어져 나왔다.

처음부터 수라환경을 끌어올린 것이다.

그 사나운 기세에 파카후의 눈에서 순간 강렬한 호기심이 피어올랐다.

* * *

마왕 파순.

그는 정말 오랜만에 신기한 경험을 하게 되었다.

힘을 회복하기 위해 깊은 잠을 청했는데 그 잠깐 사이에 꿈을 꾸게 된 것이다.

"신기하구나."

자신이 꿈이라는 것을 대체 언제 꾸었던가?

마지막으로 꿈을 꾼 것은 까마득한 옛날이었던 것 같다.

그가 그렇게 잠시 옛 추억을 더듬고 있을 때 저 먼 곳에서 안개를 뚫고 누군가가 걸어왔다.

"타타후? 네가 여긴 무슨 일이냐? 이 꿈은 네가 만든 것이더냐?"

파순은 반가운 얼굴로 타타후를 향해 걸어가다가 멈칫했다.

타타후가 곧장 다가오지 않고 고통스러운 표정으로 그를 지켜보고만 있었던 것이다.

"……무슨 일이 있었던 거냐?"

"……."

파순의 질문에도 타타후는 곧장 대답하지 않고 그저 괴로운 표정으로 그를 바라보고만 있었다.

그 표정을 잠시 동안 지켜보던 파순은 침착한 얼굴로 천천히 그에게 다가갔다.

그리고 그의 얼굴을 쓰다듬으며 조용하게 말했다.

"누가 너에게서 소리를 빼앗아 간 거냐?"

타타후가 고개를 끄덕이자 파순은 잠시 그를 지켜보다가 갑자기 분노한 음성으로 입을 열었다.

"바보 녀석…… 소리뿐만이 아니라 몸뚱이도…… 빼앗

겼구나."

파순의 말에 타타후가 고통스러운 표정으로 고개를 끄덕였다.

대체 자신이 자고 있는 동안 무슨 일이 벌어진 걸까?

파순의 얼굴이 점차 험악하게 변해 갔다.

"아무것도 두려워하지 마라, 타타후. 내가 지금 네 곁에 있다."

파순이 타타후를 달래 보았지만 타타후는 여전히 괴로워하는 얼굴이었다.

그는 계속해서 파순을 바라보며 눈빛으로 무언가를 말하고 있었다.

조급한 기색이 역력했다.

"평소에 침착한 게 네 가장 큰 장점이 아니더냐? 천천히 설명해 보거라."

항상 침착하고 조용한 타타후였다.

그런 녀석이 이 정도로 동요를 보인다는 것은 분명 생각지도 못한 변고가 생긴 것이 분명했다.

'그러고 보니 과거 부처에게 봉인을 당하기 직전에도 기분 더러운 꿈을 꾸었지…….'

파순이 머릿속을 헤집는 불쾌한 기억에 얼굴을 찡그릴 때, 타타후가 한 걸음 뒤로 물러서며 자신의 복부를 손가락으로 가리켰다.

그곳을 지켜보라는 뜻일 터.

파순이 타타후의 복부를 응시하고 있자 그곳에 갑자기 커다란 구멍이 뚫리며 피가 분수처럼 뿜어져 나왔다.

푸아악—!

'이건…….'

파순은 타타후의 피를 고스란히 뒤집어썼지만 눈 하나 깜빡이지 않았다. 오히려 더더욱 눈을 크게 뜨고 타타후의 복부를 지켜보았다.

지금 타타후가 필사적으로 보여 주려는 장면 중 단 하나라도 놓칠까 봐 눈을 부릅뜨고 지켜본 것이다.

그러다 결국 파순은 그 상처에서 누군가의 흔적을 보았다.

그 순간 파순의 볼에 작은 경련이 일어났다.

"파카후였느냐…… 그 녀석이 널 이렇게 만들었느냐."

그의 입에서 씹어 내뱉듯이 파카후라는 이름이 흘러나오자마자 타타후의 얼굴이 눈에 띄게 밝아졌다. 그는 구멍 뚫린 배를 그대로 방치한 채 바닥에 무릎을 꿇고 파순에게 예의를 갖췄다.

죽어 가는 와중에도 자신의 왕에게 할 수 있는 최대한의 경의를 보이는 것이다.

"고생 많았다. 이제 그만 쉬어라."

파순의 그 말을 마지막으로 타타후는 천천히 흐릿해져 갔다.

완전한 소멸이었다.

그들 같은 존재는 영혼이라는 것이 없기 때문에 죽으면 곧장 소멸되어 버린다.

'완벽한 무(無).'

때문에 인간들처럼 죽음에 대한 두려움이나 공포 따위는 없었다.

사후 세계의 심판 자체가 존재하지 않았으니까.

다만 타타후가 지금까지 두려워하고 조급해했던 이유는 단 하나, 한정된 시간 동안 자신이 알고 있는 진실을 왕에게 제대로 전달하지 못할까 봐 겁이 났던 것뿐이었다.

'나는 정말 최선을 다했다.'

파카후에게 기습적인 일격을 당하고 녀석에게 산 채로 삼켜질 때, 그 녀석에게 들키지 않는 범위 내에서 할 수 있는 모든 것을 다한 것이다.

그리고 다행히도 아슬아슬하게 그의 왕에게 진실을 전할 수 있었다.

'이제는 혼자 해 나가셔야 합니다. 나의 왕이시여…….'

과거의 엄청났던 힘을 잃고 예전과 같은 위엄 역시 잃어

버린 그의 왕.

그런 왕을 상대로 파카후가 무슨 개수작을 부릴지 벌써부터 걱정이 앞섰지만, 사실 이제 타타후가 할 수 있는 것은 아무것도 없었다.

'그래, 아무것도 없다.'

한 가지 더 중요한 사실을 전해야 했지만 그것은 아무래도 전달할 수 없을 것 같았다.

파카후의 몸속에 이미 엄청난 힘이 숨겨져 있다는 사실.

'락시후도 이미 나처럼 녀석에게 잡아먹힌 모양인데⋯⋯.'

이 사실을 전달해야 하는데 전달할 시간도 방법도 없었다.

타타후는 소멸되는 그 순간까지도 그렇게 파순을 염려하며 천천히 사라져 갔다.

"⋯⋯."

파순은 타타후가 사라진 뒤에도 가만히 그 자리를 지켜보다가 몸을 일으켰다.

꿈이라는 것은 항상 이렇게 그의 기분을 불쾌하게 만들었다.

'파카후 네놈은 어째서⋯⋯.'

파순의 얼굴이 복잡하게 변해 갔다.

자신의 욕망 덩어리를 따로 외부로 떼어내 형체로 만든

것.

그것이 바로 파카후였다.

그래서 평소에 녀석이 이래저래 분탕을 치고 다니는 것을 알고 있으면서도 파순은 적당히 눈감아 주었다.

파카후 그 녀석은 곧 자신의 분신이기도 했으니까.

"크크, 내 꼴도 많이 우스워졌구나."

콰드득—

파순은 사납게 이를 갈며 으르렁거렸다.

오랜 봉인 때문일까?

필요 이상으로 조심하며 움츠러들어 있었다.

'게다가……'

공손천기의 몸속에 몸뚱이를 두고 나온 게 결정적이었다.

그 몸뚱이를 버림으로써 파순은 자신도 모르는 사이에 성격이 변해 있었다.

'우선 제일 먼저 처리할 것은 파카후 그 녀석이다.'

버릇없이 날뛴 그 녀석에게 합당한 징벌을 내려줘야 했다.

꿈의 세계를 벗어나며 파순의 눈이 붉게 빛나기 시작했다.

*　　　*　　　*

파순이 타타후의 꿈을 꾸고 있을 때 파카후는 공손천기와 마주하고 있었다.

사실 그는 애초부터 공손천기를 죽일 마음이 조금도 없었다.

그러면서도 굳이 이곳까지 나온 이유는 단 하나, 순수한 호기심 때문이었다.

'저게 아버지가 신경 쓰는 인간이라고?'

인간은 순간적인 감정이나 욕망에 쉽게 휘둘리는 하등한 존재. 그렇기 때문에 그들은 부서지기 쉬웠고, 입맛대로 이용하기에도 딱 좋은 존재들이었다.

'그런데……'

파카후는 자신도 모르게 헤벌쭉 웃으며 공손천기를 살펴보았다.

'그런 인간 중에서 아버지가 탐내는 놈이다, 이거지?'

육체적인 그릇은 과연 훌륭했다.

몇백 년에 한 번 나올까 말까 한 정도니까.

하지만 고작 그 정도로는 파순을 흔들지 못한다.

'그럼 역시 그것 때문인가?'

놀랍게도 저놈은 부처가 될 자질이 있는 놈이었다.

지금도 훌륭했지만 차후 미래에는 더욱 커질 수 있는 잠재력까지 갖춘 것이다.

'과연 아버지가 집착할 만하다.'

부처에게 크게 한 방 맞아 보았으니 그렇게 될 만한 인간에게 집착하는 것은 어쩌면 당연한 것일 터.

저런 희귀한 놈을 보니 입에 침이 절로 고였다.

'예정 변경이다.'

식욕이 크게 동했다.

파카후는 당장이라도 공손천기를 잡아먹고 싶은 마음을 조절하며 그를 살펴보기 시작했다.

'아직은 덜 여문 게 조금 아쉽지만…… 이것 또한 이 나름의 맛이 있겠지.'

파카후가 한 걸음 앞으로 움직이자 공손천기의 몸 주변에서 사납게 일렁거리는 붉은 기운이 파카후를 위협해 왔다.

웅웅웅─

하지만 단지 그것뿐이었다.

인간 따위가 제아무리 기세 좋게 날뛰어 봤자 지금의 파카후에게는 애교 수준이니까.

파카후는 공손천기를 잡아먹는 쪽으로 생각을 정리하고 움직이려다가 흠칫하며 뒤로 한 걸음 물러섰다.

그리고 모든 계획을 취소해 버렸다.

"……뭐야, 저건?"

마차에서 걸어 나오는 여자.

아니, 정확하게는 여자의 탈을 쓴 어떤 '존재'가 그를 물끄러미 바라보고 있었다.

곧이어 매우 익숙한 어떤 느낌이 파카후의 전신을 날카롭게 헤집고 지나갔다.

동시에 파카후의 웃는 얼굴 위로 작은 경련이 일어났다.

"아버지……?"

저 여자에게서는 파순과 아주 똑같은 기운이 느껴졌다.

몇 번을 다시 살펴봐도 저것은 파순과 똑같은 '근원의 힘'인 것이다.

여자를 뚫어져라 살펴보던 파카후의 입가에 점차 광대 같은 웃음이 떠올랐다.

"하! 하하핫! 이 무슨 재미있는 장난이야? 인간, 저것도 네놈 짓인가? 응?"

공손천기는 파카후를 바라보다 고개를 끄덕였다.

본래라면 이런 놈과는 말도 섞지 않고 부숴 놓고 지나갔을 것이다.

'그런데 이놈…….'

공손천기는 파카후를 잠시 찡그린 얼굴로 바라보았다.

보통 하계에 갓 소환된 악마는 제대로 된 힘을 지니고 있지 못해야 정상이다. 마왕 파순조차도 그 부분에 대해서만큼은 예외가 아니었으니까.

그런데 이놈은 뭔가 달랐다.

'그게 뭐지?'

힘의 크기는 분명 작아 보였지만 이상하게도 단순히 그게 전부가 아니라는 느낌이 강하게 들었다.

본능이 공손천기를 강제로 억누르고 있는 것이다.

그때 뒤에 있던 초위명과 마야가 가까이 다가왔다.

"나 저거 먹어도 돼?"

마야는 파카후를 보며 군침을 다셨고, 파카후는 그런 마야를 보며 묘하게 미소 지었다. 마야가 입을 열자 그녀가 어떤 존재인지 보다 뚜렷하게 보였던 것이다.

"아주 근사한 일이야, 공손천기. 아버지의 몸뚱이를 저렇게 만들어 놓은 거네? 어쩐지 갓 태어난 주제에 너무 힘이 강하다 했지. 이름이 뭔지 궁금한데?"

"……."

공손천기는 잠시 모든 일을 멈추고 파카후를 물끄러미 바라보고만 있었다.

착각일지도 모르겠지만 이상하게도 이놈은 자신을 막을 생각이 전혀 없어 보였다.

조금 전까지는 약간의 갈등이라도 하는 듯이 보였는데 지금은 아예 그런 갈등조차도 없었다.

'뭔가 노리는 게 따로 있다?'

그게 무엇일까?

공손천기는 한참 고민하다가 갑자기 수라환경을 풀어 버리며 한 걸음 앞으로 걸어갔다.

그리고 파카후의 코앞에 서서 말했다.

"너, 무슨 개수작이지?"

"응?"

"넌 지금 날 막을 생각이 전혀 없잖아. 무슨 속셈이지?"

파카후는 공손천기의 말이 끝나기가 무섭게 싱글싱글 웃었다.

"어차피 내가 무슨 속셈이든 너하고는 상관없잖아? 넌 우리 아버지만 만나면 되는 거 아니야? 우리 아버지 죽이고 싶을 텐데?"

파카후의 노골적인 말에 공손천기가 얼굴을 일그러뜨릴 때, 파카후가 옆으로 멀찍이 물러서며 말했다.

"안심하고 지나가도록 해, 공손천기. 나는 오히려 너를 지지하고 있으니까."

저놈이 저렇게 대놓고 이야기하니까 오히려 더 함부로 움직이기가 어려워졌다.

공손천기가 제자리에서 움직이지 않고 파카후를 바라보고 있자 뒤에서 불쑥 등장한 시우가 입을 삐죽하게 내밀며 공손천기의 귓가에 속삭였다.

"참 재수 없는 놈입니다, 주군. 저런 사탕발림만 하는 놈은 믿을 수가 없죠. 구밀복검입니다, 구밀복검."

구밀복검(口蜜腹劍, 입으로는 달콤한 이야기를 하지만 뱃속에는 칼을 숨겨 둠).

공손천기가 딱 들어맞는 단어에 공감하고 있을 때, 파카후는 갑자기 등장한 시우를 보다가 눈을 깜빡거리며 말했다.

"이야~ 이 재미있는 건 또 뭐야, 응? 공손천기, 너 되게 신기한 것들 많이 가지고 있구나. 나한테도 하나 줘라."

시우는 파카후를 향해 히죽 웃어 주었다.

파카후 역시 그런 시우를 향해 친근하게 미소 지었다.

둘의 미소는 어딘지 모르게 닮아 있었다.

파카후가 시우를 향해 친한 척 손을 흔들어 보인 순간.

사건은 바로 그 순간에 벌어졌다.

'어?'

공손천기는 자신의 바로 옆에 있던 시우가 움직이는 것을 느꼈다.

막으려고 손을 뻗어 보았지만 한발 늦었다.

우드득—

시우가 잔상만을 남기고 순식간에 접근해서 파카후의 목을 단번에 꺾어 버린 것이다.

"나도 만나서 반가웠어, 친구. 곧바로 이별이라 좀 아쉽네."

시우는 목을 꺾어 버린 파카후를 옆으로 가볍게 던지며 장난스럽게 미소 지었다.

그 순간.

파악—!

공손천기가 빠르게 다가와 시우의 뒷덜미를 잡아서 뒤로 힘껏 집어 던졌다.

"어? 주군?"

공중에서 고양이처럼 몸을 돌려 바닥에 착지한 후 시우가 의아한 얼굴로 공손천기를 바라보았다.

'대체 왜?'

주군께서 저런 놈에게 너무 시간을 할애하는 것 같았기에 빈틈을 노려 정확하게 명줄을 끊어놓았다.

한데 그게 무슨 문제라도 있는 걸까?

시우는 그런 의문을 가졌다가 얼굴을 일그러뜨렸다.

"젠장……."

그제야 그도 본 것이다.

바닥에서 목이 뒤틀린 채로 광대처럼 미소 짓고 있는 파카후를.

"……저거 목을 완전히 뽑아 버릴 걸 그랬네요. 제가 실수했습니다, 주군."

"쯧. 이건 그런 차원의 문제가 아니다, 멍청아."

공손천기는 얼굴을 찌푸리며 자신의 바로 아래에서 기괴하게 웃고 있는 파카후를 노려보았다.

사실 공손천기도 시우와 같은 생각을 수십 번도 더 했다. 하지만 직접적으로 시도하지 않은 이유는 딱 하나였다.

'역시 이놈은 다른 놈들과 다르다.'

인간의 탈을 쓰고 소환되었으면 그 육체도 당연히 인간의 것과 동일해야 했다. 하지만 무언가 찜찜했기에 망설이고 있었던 것이다.

"저건 인형이야. 본체는 따로 있는데?"

지켜보고 있던 초위명이 무언가를 들여다보며 입을 열자 공손천기도 고개를 끄덕였다.

그제야 어느 정도 윤곽이 보였다.

그때 정도맹에서 일각을 보호하기 위해 나왔던 구룡대.

사이에서 구토와 함께 비명이 터져 나왔다.

파카후가 목이 뒤틀린 채로 서서히 몸을 일으키고 있었던 것이다.

"이거 아프잖아……? 인간의 몸뚱이는 너무 약해."

그 괴이한 모습과 갈라지는 듯한 음성이 도저히 인간의 것으로 보이지 않았다.

덕분에 구룡대의 생존 인원들과 멀리 숨어서 지켜보던 사람들이 동요하기 시작했다.

"저, 저 괴물은 뭡니까, 대주님? 저건 대체 무슨 무공입니까?"

"내가 알 리가 있나? 그리고 넌 저게 아직도 무공으로 보이나?"

"예? 그럼 아닙니까?"

"저런 무공이 세상에 있을 리가 있겠느냐!"

구룡대의 대주 가뢰호.

그는 시우에게 당한 내상을 치료하다가 눈앞에서 펼쳐지는 기괴한 광경에 버럭 소리치며 뒤로 엉금엉금 기어가기 시작했다.

"닥치고 애들이나 빨리 뒤로 물려라. 죽고 싶지 않으면!"

맨 처음 사천 지부 소속 무인인 염호군이 걸어 나올 때, 건방지게 지방 출신 녀석이 분위기도 모르고 끼어든다고 생각했다.

그런데 아니었다.

'분위기를 몰랐던 건 나였다!'

가뢰호는 속으로 눈치 없는 자신을 저주하며 최대한 빠르게 기어가기 시작했다.

그 순간 뒤에서 화끈한 열기가 뿜어져 나오며 가뢰호는 자신의 몸뚱이가 붕 떠오른다고 느꼈다.

그의 의식은 정확하게 거기에서 끊어졌다.

第三章

파카후의 계획

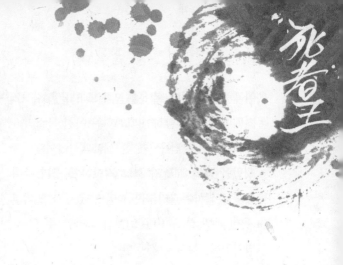

"깨어나셨습니까, 맹주님?"

파순은 눈을 뜨고 바깥으로 나오다가 문 앞을 지키고 있는 무인들에게 경례를 받았다.

가볍게 고개를 끄덕이고 바깥으로 나서려던 그는 멈칫하며 어딘가를 바라보았다.

'이건……'

원래 파순은 깨어나자마자 당장이라도 파카후를 만나러 갈 생각을 하고 있었다.

자신이 뿌린 씨를 거두기 위함이다.

하지만 멀리 떨어져 있던 파카후의 몸에서 전혀 다른 기운이 잡히자 파순은 걸음을 멈추고 얼굴을 일그러뜨렸다.

'네 녀석 락시후까지 먹었더냐⋯⋯.'

대체 무슨 짓을 어떻게 한 것일까?

그동안 너무도 교묘하게 힘을 숨기고 있었다.

아니, 아무리 파카후가 힘을 숨겼더라도 이것은 눈치채지 못한 본인 잘못이 더 컸다.

"크크⋯⋯ 얼마나 한심한 일이지?"

단순히 부처에게 봉인을 당해 힘을 잃었다는 것.

그것만을 핑계로 삼기에는 너무 초라한 현실이었다.

"무슨 일이십니까, 맹주님?"

"아무것도 아니다."

파순은 자신을 수행하기 위해 몰려드는 정도맹의 무인들을 가볍게 떨쳐 내며 바깥으로 나섰다.

파카후의 속셈이 무엇인지 이제야 뚜렷하게 보였던 것이다.

'왕이 되고 싶은 게냐⋯⋯.'

지금 와서 생각해 보면 애초에 파카후는 욕망의 덩어리였다.

녀석에게 위로 올라가고 싶은 욕망.

왕이 되고 싶은 욕망이 없을 리가 없었다.

"크흐흐⋯⋯."

그동안 자신의 몸에서 태어난 놈이라고 너무 감싸고만 돌았다. 주변에 있던 녀석들이 그렇게나 그놈을 경계하라고 말했건만 듣지 않았던 것이다.

그것이 이런 식으로 되돌아오게 될 줄이야…….

잠시 동안 분노에 가득 차 걷고 있던 파순은 제자리에서 걸음을 멈추며 멍한 시선으로 하늘을 바라보았다.

"그때 부처가 나에게 말한 것이 이런 거였던가…….."

과거 보리수나무 아래에서 수행하고 있던 부처를 찾아갔던 파순이었다.

그가 부처를 찾아간 목적은 아주 단순했다.

깨달음을 얻어 해탈하기 직전인 부처를 방해하고 그의 완전한 평정심을 깸으로써 막대한 힘을 빼앗기 위함이었다.

한데 그의 방해에도 불구하고 부처는 조금도 흔들리지 않고 깨달음이라는 과실을 손에 쥐었다.

단숨에 인간의 탈을 벗어던지며 위대한 존재가 된 것이다.

그때 바닥에 굴욕적인 자세로 엎드려 있는 파순을 내려다보며 부처가 말했다.

"마라여, 네가 나를 시험에 들게 한 것은 본래 네 존재의 이유가 그러하니 그럴 수 있다. 허나 너 역시 네 존재의 이유로 인해 나와 같은 시험에 들게 될 것이다."

그때는 그것이 무슨 뜻인지 몰랐다.

그저 부처가 승리감에 도취되어 입에서 나오는 대로 지껄이는 말이라 여길 뿐이었다.

봉인당해 있는 동안 파순은 오로지 부처에 대한 복수만을 생각해 왔다. 녀석이 만들어 놓은 것들을 몽땅 부수고, 그를 추종하는 세력들을 망가뜨릴 생각만 했던 것이다.

'초라하군.'

아마 당시에 부처는 현재 파순의 상태까지 꿰뚫어 보았을 것이다.

그리고 이런 미래를 예견했을 터.

파순은 천천히 분노를 가라앉히기 위해 노력했다.

확실히 파카후는 욕망 덩어리 그 자체였기 때문에 그가 왕이 되고 싶어 하는 것은 당연했다.

'존재의 이유인가…….'

그의 몸뚱이에서 꿈틀거리던 거대한 욕망을 바깥으로 떼어 낸 것이 파카후였다.

그렇다면 녀석이 왕의 자리를 노리는 것은 전혀 이상한 일이 아니다.

주변 모두가 알고 있었지만 대량의 욕망을 바깥으로 꺼내놓은 파순만 눈치채지 못했을 뿐이다.

'이건 시험이다.'

그렇다.

부처의 말처럼 이건 시험이었다.

그렇다면 해결하면 그뿐이다.

한낱 인간이었던 부처도 해냈는데 그가 못 할 리가 없었다.

파순은 일단 완전히 사라진 분노를 느끼며 차분하게 상황을 다시 보기 시작했다.

'사방이 적이라…….'

헛웃음이 새어 나왔다.

막상 정신 차리고 보니 온통 적뿐이었지만 파순은 동요하지 않고 냉정하게 판단을 내렸다.

'지금 당장 파카후를 만나는 것은 미친 짓이다.'

자존심은 상하지만 현실이 그랬다.

인정할 건 인정해야 했다.

파카후 그 녀석은 지금 육욕천 삼군단장의 힘을 한 몸에 가지고 있는 괴물이었다.

심지어 하계에서도 그 힘의 일부를 사용할 수가 있으니 현재 파순의 상태로는 쉽게 감당이 되지 않았다.

'시간이 필요한 건가…….'

항상 그랬다.

시간은 늘 파순의 편이 아니었다.

과거 부처를 만났을 때도 시간이 조금만 더 있었다면 상황은 완전히 바뀌었을지도 모른다.

'그래도 이번에는 다르다.'

아직 시간은 있었다.

아니, 조금 더 정확하게 말하자면 시간을 만들 수 있는 것이다.

문제는 그러기 위해서는 '도망'을 쳐야 한다는 것뿐.

"이거 체면이 말이 아니구만."

파순은 맨들맨들한 자신의 머리를 쓸어 만지며 히죽 웃어 버렸다.

공손천기에게서도 도망을 쳤는데 이번에는 자신이 낳은 파카후로부터 도망쳐야 하는 상황이었다.

이 얼마나 굴욕적인가?

파순은 문득 하늘을 올려다보며 말했다.

"부처, 그곳에서 지켜보고 있겠지? 네 눈에는 보이나? 이 다음에는 어떻게 될지 그 결과가 보이나?"

하지만 기대했던 대답은 들려오지 않았다.

파순은 툴툴거리며 웃다가 천천히 걸음을 옮겼다.

"내가 도망치고 나서 녀석에게 들키지 않고 얼마나 숨을 수 있을까가 관건이겠지."

자존심은 이미 바닥에 팽개쳐 둔 지 오래다.

어찌 되었건 두 번이나 육욕천의 문을 열었던 파순이었으니 어느 정도 힘은 커져 있었다.

다만 그것을 완전히 추스를 시간이 필요했다.

"나는 파카후를 죽이고 건방진 인간에게 작은 복수를 한후 육욕천으로 복귀할 거다. 크크크, 부처 너는 그곳에서 재미있게 지켜보고 있어라. 나는 반드시 이 시험을 통과할 테니까."

파순의 몸이 점차 투명해지더니 그 자리에서 연기처럼 사라졌다.

스스로의 기척을 완벽하게 숨기며 도망친 것이다.

*　　*　　*

파카후는 몸을 일으키고 뒤로 꺾여 버린 목을 원래대로 돌리며 빙그레 웃었다.

그리고 시우를 바라보며 말했다.

"갑자기 이런 식으로 마음을 고백하면 감당하기 힘들잖아?"

"미안, 너무 설레서 참을 수가 있어야지."

시우는 노골적으로 아쉬운 얼굴을 해 보였다.

평범한 인간 대하듯이 저놈을 상대한 것이 실수였다.

'에이, 완전히 부숴 놓았어야 했는데.'

사실 시우 입장에서는 주군인 공손천기가 머뭇거리는 게 잘 이해되지 않았다.

공손천기는 고수였다.

그가 단순히 빈틈을 노리는 것뿐이라면 얼마든지 만들어 낼 수 있었으니까.

'주군께서는 분명 제가 못 보는 다른 것들을 보셨겠지 만…… 조심성 많은 것이 항상 좋은 결과로만 이어지는 것은 아닙니다, 주군.'

지나치게 조심하다 보면 가끔은 사태가 더욱 안 좋아지기도 하는 법이다. 시우는 그렇게 판단했고, 파카후에게서 빈틈이 보이자마자 망설이지 않고 달려들었다.

'아쉬운 건 그때 확실하게 마무리 짓지 못한 거였지.'

목뼈를 완전히 부러뜨려 놓아도 죽지 않는 괴물이라는 것을 인지했다면 이렇게 쉽게 끝나지 않았을 것이다.

시우가 속으로 반성하며 다시 한 번 기회를 엿보고 있을 때, 파카후가 공손천기가 아닌 뒤쪽에 있는 시우를 바라보며 실실 웃었다.

"또 기회가 있을 거라 생각해? 상당히 저돌적인 놈이네?"

"이 세상에 열 번 찍어 안 넘어가는 나무는 없다더라고."

정도맹 측 인원들이 파카후의 기괴한 모습을 보고 비명을 지르며 사방팔방으로 도망치고 있었지만 천마신교의 무인들만큼은 냉정한 표정으로 사태를 주시하고 있었다.

그들은 이미 이런 종류의 괴물을 상대해 본 적이 있었기 때문이다.

그때 파카후가 손을 뻗어 손가락 끝으로 시우를 가리켰다.

공손천기가 재빨리 그 앞을 막아섰지만 파카후는 태연하게 말했다.

"이미 늦었는데?"

"젠장."

공손천기는 다급한 표정으로 재빨리 뒤로 몸을 날렸다.

그의 목표는 시우, 정확하게는 시우의 두 눈이었다. 하지만 파카후의 전신에서 뜨거운 열기가 뿜어져 나온 것이 먼저였다.

"어?"

시우는 갑자기 공손천기가 다가와 자신의 두 눈을 가리려는 것을 보았다. 그러나 그 전에 이미 안구가 녹아 버릴 듯한 통증이 두 눈에서 전해져 왔다.

"크, 크으윽!"

시우가 휘청거리며 뒤로 물러설 때, 공손천기가 그를 받아 내며 말했다.

"집중해라. 정신을 잃으면 반혼검이 깨어날 거다. 잡아 먹히기 싫으면 집중해."

시우는 오랜만에 느껴보는 통증에 두 손으로 눈을 부여 잡고 비명을 내질렀다.

"크아아악!"

그의 비명 소리가 주변을 울리자 파카후는 코를 벌름거 리며 미소 지었다.

"아주 듣기 좋은 소리다. 이 얼마나 신선하냐? 하하하!"

파카후가 미친놈처럼 웃고 있는 사이 공손천기는 시우의 눈에 손을 올려놓고 주문을 외웠다.

그러자 그가 올려놓은 손이 순식간에 새카맣게 물들어 가며 핏줄들이 툭툭 불거져 나왔다.

"호오? 고통을 나눠서 분담하겠다는 거냐? 그 의도가 제 법 가상하긴 한데…… 그게 과연 의미가 있겠느냐?"

"……."

공손천기는 입을 열어서 대답하지 못했다.

손바닥 끝에서 올라오는 막대한 통증에 온 힘을 다해 저 항하고 있었던 것이다.

이마에 송골송골 땀이 맺히고 입 안이 바짝바짝 말라 갔 다.

그런 공손천기를 바라보며 악동처럼 웃고 있던 파카후는 다음 순간 정색하며 고개를 휙 돌려 뒤를 바라보았다.

상체는 그대로 둔 채 목만 반 바퀴 돌려서 뒤쪽을 응시한 것이다.

"아버지……?"

마왕 파순, 그의 기척이 갑자기 이 세상에서 꺼지듯이 사라져 버렸기 때문이다.

파카후의 표정이 서서히 다채롭게 변하기 시작했다.

그러다 결국 입가에 비웃음을 그리며 말했다.

"하하하…… 뭐야? 설마 도망친 거야, 아버지? 이 아들이 무서워서?"

저렇게 자존심까지 다 버리고 부랴부랴 도망치게 된 꼴을 생각하니 왜 이렇게 기분이 좋은 걸까?

파카후가 그렇게 파순에게 정신이 쏠려 있을 때.

무언가가 날아와 파카후의 이마에 붙었다.

"응?"

한 장의 부적.

파카후가 고개를 돌려 보니 웬 중늙은이 하나가 공손천기 뒤쪽에서 똑같은 모양의 부적을 팔랑거리며 들고 있었다.

"호오? 인간 따위가 감히 나한테 술법을 쓰시려고?"

초위명은 파카후의 비웃음에 같이 비웃음을 그리며 말했다.

"항상 너처럼 어리석은 놈들은 당해 보고 나서야 눈물을 흘리곤 하지."

그가 무어라 짧게 주문을 외우자 바닥에서 시커먼 공간이 생겨나더니 파카후를 그대로 집어삼켰다.

"명계에서 그 괴물을 얼마나 붙잡아 줄지는 모르겠지만……."

초위명은 전신에서 흐르는 식은땀을 닦아 내며 재빨리 공손천기에게 다가갔다.

"파순이 작정하고 도망쳤다. 알고 있겠지, 애송이? 이 이상 쫓아가 봐야 의미가 없어."

"……."

공손천기는 입을 열어 대답하지 못하고 눈만 깜빡였다.

지금 그는 시우의 왼쪽 눈에 손을 대고 완전히 움직이지 못하는 상태인 것이다.

"멍청한 놈."

공손천기를 바라보던 초위명은 부적을 꺼내어 그의 등에 붙이고선 몸을 일으켰다.

"최대한 빨리 여길 떠나야 해. 방금 그 괴물 놈이 다시 기어 나오기 전에."

공손천기의 몸과 시우의 몸이 갑자기 허공에 붕 떠오르더니 곧장 마차 안으로 날아갔다.

그들을 그렇게 마차 안으로 집어넣은 다음 초위명이 멀뚱거리며 주변에 서 있던 마야를 바라보고 눈을 부라렸다.

"안 타고 뭐해?"

마야는 엉거주춤 서 있다가 아쉬운 얼굴로 마차에 올라탔다. 그러자 이번에는 초위명이 우규호를 보며 인상을 찡그렸다.

"넌 빨리 출발 안 하고 뭐하냐?"

"어, 어디로?"

아무런 명령이 없었는데 갑자기 어디로 가라는 말인가?

갑자기 상황이 급전환되어 버렸다.

우규호의 머리로는 도저히 따라갈 수준이 아닌 것이다.

"어디긴? 천마신교로 돌아가야지, 바보 멍청아."

초위명은 한심하다는 얼굴로 우규호를 바라보다가 마차 문을 쾅 하고 닫았다.

우규호는 벙 찐 표정을 하고 있다가 서둘러 마라천풍대를 이끌고 마차를 돌렸다. 확실히 초위명의 말처럼 지금은 천마신교로 서둘러 복귀해야 하는 상황으로 보였다.

그들이 그렇게 헐레벌떡 떠나고 얼마의 시간이 지났을까?

우우웅─

갑자기 허공에 검은색 실선이 생기더니 그곳에서 사람의 두 손이 조금 삐져나왔다.

그 후 무언가가 찢기는 소리와 함께 파카후가 두 손으로 공간을 쫘악 벌리며 나타났다.

"후우……."

그는 피투성이가 된 채로 손가락 끝을 할짝이며 웃었다.

"인간 주제에 제법인데?"

관심조차 안 두고 있던 인간들이 제법 그를 곤란하게 만들고 있지 않은가?

전혀 생각지도 못한 걸림돌이었다.

"하지만 지금 당장은 저놈들이 문제가 아니지……."

저놈들이 괘씸하긴 했지만 지금 당장은 저놈들의 처리가 문제가 아니었다.

그의 아버지 파순, 그 행방을 찾는 것이 최우선이었던 것이다.

"근데……."

파카후는 목뼈가 부러지는 바람에 자꾸 옆으로 픽픽 쓰러지는 머리를 한 손으로 받쳐 들고 피식 웃었다.

일단은 움직이기 불편하니까 회복하는 게 먼저였다.

그 후에 곧장 아버지를 만나러 가야 할 것이다.

'이빨 빠진 호랑이라도 너무 시간을 주면 위험하니까.'

그런데 어떻게 눈치를 채고 도망을 친 것일까?

역시 조금 전에 힘을 드러낸 것 때문에?

순간 작은 의문이 머릿속에 떠올랐지만 파카후는 씨익 웃고 말았다.

'아무려면 어떠냐?'

이대로 너무 쉽게 왕이 되어도 재미가 없었을 것이다.

아무것도 모르고 자신을 믿고 있던 파순을 산 채로 잡아 먹는다는 계획은 아쉽지만 물 건너 간 것 같았다.

'아버지의 놀라는 표정을 보고 싶었는데 그건 좀 아쉽네.'

하지만 이렇게 상황이 변경되어 파순이 격렬하게 저항하는 것도 나름대로 재미가 있을 테니 파카후는 이걸 즐거운 유희거리라고 생각했다.

'저항해 봐야 의미가 없겠지만.'

파순은 지금 큰 착각을 하고 있었다.

과거 파순이 만들어 놓았던 모든 기반은 파카후가 이미 다 부숴 놓았던 것이다.

그가 무언가를 소환해서 힘을 키울 수 있는 방법은 더 이상 존재하지 않았다.

'그럼 지금 가지고 있는 힘만으로 무언가 해 볼 생각인 건가?'

그건 그것대로 무리였다.

그렇다고 해서 파순이 직접 육욕천으로 돌아가더라도 그곳에 파순이 있을 장소는 없었다.

'내가 깡그리 집어삼켰으니까.'

파카후는 요사스럽게 웃다가 손가락 끝을 할짝거리며 피맛을 음미했다.

그러다 천천히 주변을 두리번거렸다.

아직도 사방에서 자신을 살펴보는 인간들의 기척이 느껴졌다. 그들은 두려워하면서도 호기심 가득한 표정으로 그를 지켜보고 있었다.

'이래서 인간은 하등한 족속들이지.'

파카후는 천천히 미소 지었다.

뒤도 돌아보지 않고 도망을 쳤어도 모자랐을 상황이었을 텐데 이렇게 숨어서 지켜보고 있다니⋯⋯.

끝까지 자신만은 안전할 거라 착각하고 있는 모양이었다.

"맛있게 먹겠습니다!"

파카후가 혀로 입술을 핥으며 말하는 순간 그의 몸에서 갑자기 붉은 기운이 폭발적으로 뿜어져 나왔다.

그것이 주변을 휩쓸기 시작하자 사방에서 비명이 터져 나왔다.

시우는 꿈을 꾸었다.

꿈속에서 그는 오랜만에 지옥마제를 만났다.

꿈속의 지옥마제는 혼자가 아니었다.

그는 눈빛이 사나운 어떤 꼬마와 함께 있었던 것이다.

그리고 그 눈빛 사나운 꼬마 역시 공교롭게도 시우가 잘 알고 있는 사람이었다.

'주군……?'

공손천기.

공손천기임이 분명한 꼬마였지만 지금과는 인상이 완전히 달라서 순간 시우도 못 알아볼 뻔했다.

시우가 놀란 눈으로 지켜보고 있을 때 지옥마제가 느릿하게 입을 열었다.

"이거 완전히 물에 빠진 놈을 구해 줬더니 보따리 내놓으라는 꼴이네. 시체 더미에서 다 죽어 가던 놈을 건져 왔는데 이런 시건방진 놈일 줄이야. 내가 괜한 짓을 했구만."

"내가 쓸모 있으니까 건져 왔겠지. 아니야?"

지옥마제는 꼬마의 직설적인 물음에 멈칫했다가 곧 씨익 하고 웃어 버렸다.

꼬마의 말은 사실이었다.

저놈이 그냥 평범한 놈이었다면 그 시체 더미에 섞여서 죽어 가든 말든 전혀 신경 쓰지 않았을 테니까.

"그래, 맞다. 그러니까 어찌 되었건 너는 내가 한 제안을 받아들이겠다는 말이지?"

눈에 독기가 가득한 꼬마.

공손천기는 붉은 머리 중년인을 똑바로 올려다보며 음울하게 미소 지었다.

"좋아. 특별히 제자가 되어 줄게. 그쪽은 운이 좋은 거야."

지옥마제는 꼬마를 잠시 어이없다는 표정으로 내려다보았다.

이 당돌한 꼬맹이는 자신이 누구인 줄은 알고서 감히 이런 시건방진 말을 툭툭 내뱉는 것일까?

'그런데 문제는 말이야……'

이상하게도 그런 되바라진 행동을 하는 녀석이 전혀 밉지 않았다.

그게 문제였다.

하지만 한편으로는 왠지 짓궂게 괴롭히고 싶어지는 구석이 있는 놈이기도 했다.

"흐음, 그나저나 참으로 건방진 놈이구만, 이거. 네 재능이 과하다는 건 천하에서 분명 나만 알아볼 수 있을 거다. 세상 사람들은 전부 다 동태눈을 가졌거든. 다른 데 가서는 제대로 된 대우는 절대로 못 받을걸?"

"그래서? 싫어? 싫으면 관둬."

어린 공손천기가 얼굴을 찡그리며 몸을 일으키려 하자 지옥마제는 다급히 움직여 그를 침상에 다시 눕히며 실실 웃었다.

"아니, 싫지는 않지. 나는 능력 있는 놈을 좋아하거든. 특히나 네놈처럼 자격 있는 놈은 얼마든지 건방져도 돼. 이 거 제 제자가 되어 주셔서 정말 황송합니다, 공손천기 님."

"좋아. 사부."

공손천기가 팔짱을 끼고 턱을 들어 올리며 고고한 표정으로 대답하자 지옥마제는 김빠진 얼굴로 투덜거렸다.

"지금 이거 설마 내가 고마워해야 하는 상황인 거냐?"

"물론이지. 평생 고마워하게 될 거야, 분명."

시우가 공손천기와 지옥마제의 대화를 지켜보며 미소 짓고 있을 때, 누군가가 그의 허리 부근을 툭툭 쳤다.

고개를 돌리자 어른이 된 공손천기가 그곳에도 서 있었다.

"여기서 뭘 그렇게 실실 쪼개고 있냐, 바보처럼."

약간은 삐딱한 표정.

공손천기의 그 모습을 물끄러미 바라보던 시우가 잠시 고개를 갸웃거리다가 눈을 깜빡거렸다.

'아하! 이건 꿈이구나?'

시우는 그렇게 납득을 하고 히죽 웃었다.

그리고 손을 뻗었다.

텁.

"……!"

시우가 공손천기의 볼을 꼬집어서 옆으로 가볍게 당기며 말했다.

"우헤헤! 역시 꿈속이라 그런가? 하나도 안 아파 보이네. 좀 더 세게 해 볼까나?"

그 순간 시우를 바라보던 공손천기의 눈빛에 황당함이 떠올랐다.

그리고 그 감정은 곧장 깊은 분노로 바뀌었다.

"……네가 뒈지고 싶어서 환장했구나, 아주?"

"예? 어?"

뻑—!

뭔가 움직인다 싶었는데 정강이에서 화끈한 통증이 몰려왔다.

"아윽!"

시우가 낮은 신음과 함께 주저앉자 공손천기가 스스로의 볼을 쓰다듬으며 투덜거렸다.

"다 죽어 가는 놈을 억지로 살려 두고 있었더니 아주 여유만만이네."

시우는 걷어차인 정강이를 감싸 쥐며 작게 입을 열었다.

"예? 그게 무슨 말씀이십니까, 주군? 다 죽어 가다뇨?"

"기억이 안 나나?"

"기억……."

시우는 주저앉아 정강이에서 느껴지는 고통을 감내하다가 문득 섬뜩한 기억이 돌아오는 것을 깨닫고 벌떡 몸을 일으켰다.

"어? 그러고 보니 반혼검은 어떻게 된 겁니까, 주군? 여기는 어디죠?"

"빨리도 물어본다."

시우는 혼란스러운 표정을 지어 보였다.

자신은 분명 봉인해 두었던 반혼검이 발작해서 고통을 참느라 안간힘을 쓰고 있는 도중이었다.

그런데 뜬금없이 여기는 또 뭐라는 말인가?

"여긴 내 꿈속이다. 임시긴 하지만 널 이쪽으로 끌고 올 필요가 있었다. 현실의 너는 죽어 가고 있거든."

시우는 공손천기를 바라보다 마른침을 삼켰다.

"그렇게 심각합니까?"

"간당간당하지. 저승 문턱에 발뒤꿈치 정도를 담갔다고 보면 된다."

공손천기는 말을 하다가 문득 시우의 뒤편으로 보이는 지옥마제를 보며 씁쓸한 얼굴을 해 보였다.

"그나저나 하필이면 이런 꿈속으로 네놈을 데려올 줄이야……."

지옥마제와의 첫 대면.

저것이 공손천기에게 가장 좋은 추억으로 남은 기억이었다.

잠시 그 광경을 지켜보던 공손천기가 중얼거렸다.

"망할 사부……."

언젠가 죽게 될 것은 이미 알고 있었다.

하지만 그것을 어떻게든 막으려고 발버둥 쳤다.

공손천기에게 있어서 지옥마제는 아버지와 다름이 없었으니까.

시우가 눈치를 살피며 상황을 지켜보고 있을 때.

공손천기가 금세 끓어오르는 감정을 절제하며 히죽 웃은 후 말했다.

"반혼검에게 잡아먹히기 싫으면 이제부터 내가 하는 이야기를 잘 들어라. 그것만 잘하면 넌 멀쩡하게 살아남을 거다."

시우가 갑자기 진지한 표정으로 마른침을 삼켰다.

지금 상황이 얼마나 안 좋을지는 사실 시우가 더 잘 알았기 때문이다.

'반혼검이 이렇게 말도 안 되게 날뛰는 경우는 딱 한 가지뿐이다.'

왼쪽 눈에 새겨 놓았던 봉인이 깨어졌다는 뜻이다.

이것을 시술했던 놈들은 절대로 깨어지지 않을 거라고 장담한 봉인이었는데 그것이 결국 깨어진 모양이다.

아까 목이 꺾였던 그놈이 무슨 개수작을 부린 게 분명했다.

아무튼 이제 곧 반혼검은 시우의 몸뚱이를 완전히 빼앗아서 무차별적으로 살육을 반복하는 괴물이 되려고 할 것이다.

'물론 그렇게 되더라도 날뛰기 전에 주군의 손에 죽겠지만……'

여기까지 생각하던 시우는 문득 이런 급박한 순간에도 뜬금없는 의문이 떠올랐다.

'미쳐 날뛰는 나를 우리 주군이 감당하실 수 있을까?'

반혼검을 들고 있는 화경의 고수.

이건 아마 공손천기조차도 쉽게 감당하기 어려울 것 같다는 생각이 들었다.

시우가 그런 엉뚱한 생각을 하고 있을 무렵 공손천기가 허공에 원을 그리며 말했다.

"나는 이제 이 구멍을 통해서 널 다시 네 몸뚱이로 돌려보낼 거다. 네가 계속 소리만 꽥꽥 질러 대니까 시끄러워서 이리로 잠시 데려온 것뿐이거든."

"……."

"넌 네 몸으로 돌아가면 딱 하나만 기억하고 행동하면 된다."

그랬다.

이제부터가 본론이었다.

시우가 잔뜩 긴장한 얼굴을 해 보이며 조심스럽게 물었다.

"그게 뭡니까, 주군?"

공손천기는 머리를 뒤로 쓸어 넘기며 얼굴을 찡그렸다.

"비명 좀 그만 질러라. 시끄러우니까."

"……예?"

고작 저게 다인가?

이렇게 겁을 주더니 고작 저것뿐인가?

시우가 얼떨떨한 표정을 짓고 있자 공손천기가 조용하게 말했다.

"입만 다물어 주면 금방 끝내 주마. 이제 거의 완성 단계거든."

무엇을 따로 준비한 것일까?

시우가 의문을 품기도 전에 공손천기는 시우의 손을 잡아서 허공에 그려 놓은 동그란 원에다가 밀어 넣었다.

그러자 밝은 빛과 함께 시우는 빠르게 정신을 되찾았다.

동시에 느껴지는 엄청난 고통.

이것은 참으려고 해서 참을 수 있는 성질의 것이 아니었다.

"끄아아아!"

시우의 왼쪽 눈 속에서 반혼검의 검 끝이 이미 절반 정도 튀어 나와 있었다.

눈에서 검이 뽑혀 나오고 있는데 아프지 않을 리가 있겠는가?

게다가 반혼검의 검날에 달린 뱀 눈과 같은 눈동자가 요사스러운 시선으로 시종일관 공손천기를 노려보고 있었다.

"맛없어 보여, 저거……."

옆자리에 앉아 있던 마야가 중얼거리는 사이.

양 손바닥으로 검날을 쥔 채 혼자서 힘을 쓰고 있던 공손천기가 이를 갈며 말했다.

"잠깐만 조용히 해 달라니까……."

하마터면 대법이 깨질 뻔했다.

시우의 비명이 정신 집중에 엄청난 방해가 되고 있었던 것이다.

"이제 별수 없겠네."

초위명이 옆에서 남 일 보듯이 느긋한 얼굴로 말하자 공손천기는 그를 쏘아보며 말했다.

"……좀 거들지 그래?"

"그러게 그냥 눈을 뽑아내자니까? 왜 힘들고 귀찮게 일을 벌여? 착한 척도 정도껏 해라, 애송아."

임시방편이지만 초위명이 보기엔 이 방법이 제일 좋았다.

숙주의 눈을 뽑아 버리면 한동안 반혼검도 잠잠해질 테니, 지금의 공손천기처럼 굳이 위험을 감수하면서 저렇게 일을 벌일 필요가 없는 것이다.

"착한 척이라……. 본인 몸뚱이가 아니라고 너무 편하게 말하는군."

공손천기는 초위명의 도움을 더 이상 기대하지 않기로 했다.

혼자서 해결해 볼 심산인 것이다.

그때.

비명을 지르던 시우가 갑자기 입을 뚝 다물었다.

숨 막힐 듯한 정적에도 공손천기는 의외로 전혀 기뻐하지 않았다.

"이런 빌어먹을……."

오히려 그가 얼굴을 찡그리고 있을 무렵, 시우가 갑자기 벌떡 일어나서 공손천기를 향해 묵직한 주먹을 뻗었다.

퍼억—!

"호오?"

초위명은 심드렁한 표정으로 지켜보다가 눈을 반짝였다.

공손천기가 피하지 않고 그것을 고스란히 맞은 것이다.

퍼억—!

공손천기는 복부에 정확하게 틀어박힌 주먹을 바라보며 피식 웃었다.

"너 언제부터 그렇게 물 주먹이 되었냐?"

"끄으으……."

공손천기의 비아냥을 듣고 있던 시우의 얼굴이 갑자기 붉게 달아올랐고, 그의 몸이 부들부들 떨리기 시작했다. 그러더니 곧장 시우의 눈동자가 뱀처럼 세로로 쭈욱 갈라졌다.

그걸 지켜보고 있던 공손천기가 턱을 들어 올리며 히죽 웃었다.

"준비 한번 요란하기도 하다. 다 됐으면 덤벼 봐."

그게 신호였을까?

시우가 갑자기 공손천기를 향해 주먹과 발길질을 퍼붓기 시작했다. 공손천기는 마구잡이로 뻗어오는 시우의 공격을 하나도 피하지 않고 다 맞았다.

사실 피하기는 쉬웠다.

하지만 피하려면 손에서 검을 놓고 뒤로 물러서야 하는데 그럴 수는 없었기에 다 맞아 주는 것이다.

초위명은 흥미진진한 표정으로 그 일방적인 폭력을 지켜보았다.

'언제쯤 포기하려나.'

화경의 고수가 내뻗는 주먹과 발길질은, 거기에 딱히 내력이 실려 있지 않더라도 위력이 엄청난 법이다.

퍼퍼퍼퍽—!

그것을 고스란히 맞으면서도 공손천기는 양 손바닥 사이의 검을 놓치지 않았다.

오히려 더더욱 굳건하게 검을 잡고 꼼지락거리며 손가락으로 검날에 무언가를 쓰고 있었다.

'위선 떠는 것도 정도가 있지, 애송아.'

눈이 인체에서 가장 소중한 부위라는 것쯤은 초위명도 잘 알고 있다.

하나 저놈은 기껏해야 부하가 아닌가?

그냥 저놈 눈만 도려냈으면 간단하게 일을 수습할 수도 있었다.

고작 부하의 눈 하나를 구하고자 저렇게 두들겨 맞는다?

'미친놈.'

초위명의 상식으로는 결코 이해가 되지 않는 놈이었다.

하나 공손천기는 두들겨 맞으면서도 절대 멈추지 않았다. 반혼검의 검신에 핏물로 계속 무언가를 써 내려간 것이다.

그럴수록 시우의 공격은 거세어져 갔다.

점점 더 악에 받쳐서 공격해 오는 것이다.

"크아아악!"

갑자기 시우가 큰 악다구니를 쓰면서 공손천기에게 달려들었다.

때리는 것으로 안 되니 아예 손을 뻗어 공손천기의 목을 움켜쥔 것이다.

뿌드득—

시우의 두 팔 근육이 크게 부풀어 오르고 공손천기의 얼굴이 새하얗게 변했다.

초위명은 여기서 고민했다.

이쯤에서 자신이 나서게 되면 분명 도움이 될 것이다.

'그런데…….'

보고 싶었다.

과연 저 건방진 애송이가 어떻게 살아나올지.

본인이 죽을지도 모르는 저 절체절명의 순간에도 과연

부하의 눈을 포기하지 않을 수 있을지 궁금했던 것이다.

'네 진짜 본심을 보여 봐라, 애송이.'

제아무리 성인군자라 하더라도 다른 사람의 고통보다 본인의 고통이 더 크게 느껴지는 법이다.

공손천기라도 예외는 아닐 터.

초위명이 다시금 진지하게 관찰하고 있을 무렵 새하얗게 변했던 공손천기의 얼굴이 천천히 흑색으로 변해 갔다.

'끝이군.'

여유롭게 웃고 있던 공손천기의 눈동자도 천천히 뒤로 뒤집어졌고 반혼검을 잡고 있던 두 팔에서도 자연스럽게 힘이 풀려 갔다.

그러던 어느 순간 초위명이 중얼거렸다.

"지독한 놈."

최후의 순간.

공손천기는 손가락을 떨면서도 대법을 완성시킨 것이다.

초위명이 투덜거림과 동시에 반혼검의 검신에서 황금색 빛이 뿜어져 나왔다.

"크, 크아악!"

시우가 뒤로 물러나며 두 손으로 허공을 허우적거렸다.

그사이 그의 몸에서 절반 넘게 빠져 나와 있던 검신이 다시 눈동자 쪽으로 빨려 들어가기 시작했다.

꾸드득—!

반혼검이 괴상한 소리를 내며 전신을 요동쳤지만 소용없었다.

공손천기는 잔뜩 얻어터진 얼굴로 마차 벽에 기대 널브러져서 작게 중얼거렸다.

"……그딴 물 주먹이 효과가 있겠냐…."

"곧 뒈질 놈처럼 얻어맞은 주제에 허세는."

초위명이 핀잔을 날리는 그때.

발작하던 시우가 갑자기 손을 뻗어 검신을 움켜쥐었다.

손바닥에서 자연스럽게 피가 흘러나오고 검신이 빨려들어 가는 속도가 일시적으로 늦춰졌다.

그 상태에서 시우는 검신을 다시 빼내려고 힘을 주기 시작했다.

하지만 그것은 결국 성공하지 못했다.

턱—

가만히 지켜보고 있던 초위명이 결국 움직인 것이다.

그는 시우의 이마 위에 부적 한 장을 붙이며 이죽거렸다.

"이제 그만 깨어나서 네가 한 짓거리들을 직접 봐라. 아무래도 그쪽이 더 재미있을 것 같네."

"……."

그때까지 미친놈처럼 소리 지르던 시우가 모든 움직임을

딱 멈췄다.

동시에 반혼검은 시우의 눈으로 쏙 빨려 들어갔고 시우는 멍하게 눈을 깜빡거리다가 화들짝 놀랐다.

"어? 주군?"

마차 안에 공손천기가 쥐어 터진 얼굴로 누워 있었다.

시우가 가까이 다가가서 그를 부축하려는데 옆에서 불쑥 끼어든 마야가 그를 툭 하고 밀쳤다.

"이제 그만해. 넌 건드리지 마."

"예? 왜요?"

"그냥 건드리지 마."

마야는 시우를 한 번 째려보고 공손천기의 머리를 자신의 허벅지에 올려놓으며 말했다.

"쉬어야 해. 힘들었으니까."

공손천기는 마야를 한 번 올려다보았다.

부어 있는 눈꺼풀 때문에 불편했지만 그는 마야를 물끄러미 바라보다가 피식 웃었다.

이 마야를 닮은 괴물이 자신을 걱정해 주고 있다는 것이 확연히 느껴졌던 것이다.

"주군, 괜찮으십니까? 아니, 대체 누가 그런 겁니까? 얼굴이 아주 찐빵이 되셨는데요? 푸하핫!"

"……"

찐빵으로 만든 당사자가 저렇게 말하니 순간 공손천기는 지금껏 잘 참아 왔던 이성이 끊어질 뻔했다.

하지만 이번에도 인내심을 발휘해 가까스로 참은 다음 입을 열었다.

"……나가."

"예?"

"당장 밖으로 나가라고!"

시우는 공손천기의 외침에 본능적으로 마차 바깥으로 튀었다. 그리고 지붕 위에서 고개를 갸웃거렸다.

'주군께서는 뭔가 안 좋은 일이라도 있으셨던 건가? 그런데 대체 누구지? 주군을 저렇게 만들 정도의 고수가 근처에 있는 건가?'

시우가 공손천기 얼굴이 저렇게 된 이유를 알게 된 것은 꼬박 하루가 지난 뒤였다.

第四章
천하의 변화

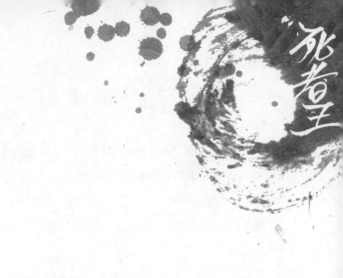

자혁은 마음이 조급해졌다.

천마신교가 물러간다는 소문이 강호에 파다하게 퍼진 것이다.

'어째서 갑자기? 그렇게 필사적으로 쫓더니⋯⋯.'

여러 가지 의문들이 머릿속에서 맴돌았지만 자혁은 고개를 저었다.

우선은 만나야 했다.

자세한 이유를 알아보는 것은 그 다음이다.

"공손천기는 왜 갑자기 천마신교로 돌아가는 걸까?"

마차 안에 함께 있던 야율소하가 마야를 향해 불쑥 물었다. 마야 역시 때마침 같은 고민을 하고 있었기에 곧장 대답할 수 있었다.

"아마 애초의 목적을 이뤘기 때문이 아닐까 합니다."

"목적? 정도맹주가 목적이었잖아?"

야율소하의 물음에 마야는 고개를 끄덕였다.

천마신교의 목적은 천하의 모두가 알고 있었다.

'정도맹주 일각.'

그를 쫓아 정도맹의 심장부까지 들어왔고, 교주가 직접 소수 정예의 부대를 이끌고 악착같이 추적하고 있기 때문이다.

그 노골적인 움직임을 보고도 목적을 눈치채지 못하면 바보나 얼간이였다.

"들리는 말에 따르면 정도맹주의 행방이 묘연하다고 합니다. 그것과 무관하지 않을 거라 생각됩니다."

"음……."

자혁은 자신도 모르게 고개를 끄덕였다. 마야의 말이 제법 설득력이 있게 들렸던 것이다.

갑작스러운 맹주의 실종.

이것은 분명 천마신교와 연관이 있을 법했다.

"안 듣는 척 다 엿듣고 있네. 취미 한번 고상하세요."

"……."

야율소하가 빈정거렸지만 자혁은 짐짓 모르는 척 눈을 감았다.

함께 이동하면서 알게 된 사실이지만 야율소하에게는 일일이 반응해 주면 안 되었다.

'피곤한 여자다.'

말꼬리 잡기는 예사였고, 심심하면 비아냥거리고 상대방을 깔아뭉개기 일쑤다 보니 자혁도 이젠 대답해 주거나 반응해 주기 지쳐 버렸다.

무시와 무반응이 최고였던 것이다.

그리고 그런 자혁의 태도에 야율소하는 슬금슬금 분노하고 있었다.

"사람이 말을 하면 예의상 대답이라도 해야 하는 거 아니야?"

"……."

"너 요새 무지 마음에 안 들어."

그러거나 말거나 자혁은 고요한 표정으로 생각에 잠겼다.

야율소하의 분노가 절정에 이를 때쯤 마야가 다가가 그녀의 손을 잡으며 간곡한 어조로 말했다.

"내일쯤이면 공손천기 님을 만날 수 있을 겁니다, 주인님."

이 말은 곧 있으면 이 사람과 떨어질 수 있다는 뜻이었다.

더불어서 그때까지만 참으라는 말이기도 했다.

야율소하는 마야의 말에 뜨거운 콧김을 몇 번 내뿜더니 고개를 휙 돌리고 마차 창밖을 바라보았다. 그 격렬한 태도에 마야는 속으로 안도의 한숨을 내쉬었다.

'다행이다.'

예전이었다면 자신의 만류 따위를 들을 생각도 하지 않았을 야율소하였다. 워낙에 공주처럼 떠받들어지면서 커왔고, 남에게 아쉬운 소리 한 번 해 본 적 없던 그녀였기 때문이다.

그래도 최근에는 본인의 상황이 어떤지 알게 되었는지 예전보다는 마야의 말을 귀담아 들었다.

"교주를 만나서 무얼 할 속셈이지?"

그때까지 침묵을 지키고 있던 자혁이 입을 열자 야율소하가 고개를 비스듬히 꺾으며 말했다.

"남이사. 내가 뭘 하든 네가 무슨 상관이야?"

"이것만은 확실하게 해 두지."

자혁은 특유의 진중한 표정으로 눈을 떠 야율소하를 똑바로 응시하며 입을 열었다.

"네 말대로 나는 네가 무슨 일을 해도 관여하지 않는다. 아니, 사실 관심도 없다. 다만 그 일이 내 일에 방해가 되지 않았으면 좋겠다."

대답은 곧장 들려왔다.

야율소하가 콧방귀를 끼며 말했던 것이다.

"아주 웃기고 있네. 다 지 맘대로야, 아주. 네가 우리 아빠야? 어디서 명령이야, 지금?"

"……."

눈초리까지 치켜뜨며 바락바락 대드는 야율소하를 보며 자혁은 순간 진지하게 고민했다.

그냥 몽땅 처리하고 혼자서 시우를 만나러 가는 게 좋을지 아닐지를 고민한 것이다.

한데 그 순간.

마야가 슬그머니 움직이며 그의 신경을 분산시켰다.

아주 작은 움직임이었지만 그 미묘한 동작에 자혁은 고민을 멈추고 다시 눈을 감았다.

"……넌 무척 운이 좋은 사람이다. 현명한 사람이 네 곁에 있음을 항상 감사해라."

야율소하가 무슨 말을 더 하려 할 때, 마야가 아예 손으로 그녀의 입을 막으며 작게 말했다.

"식사하실 시간입니다, 주인님."

야율소하는 읍읍거리며 계속 무언가 말하려 하다가 관두었다.

마야가 품에서 육포를 꺼내어 주며 간절한 표정을 해 보였던 것이다.

곧 그녀가 저항을 멈추고 몸에서 힘을 풀자 마야가 손을 떼었다. 그러자 야율소하는 마야의 손에 들려 있던 육포를 빼앗아 입에 넣으며 투덜거렸다.

"무슨 말을 못 하게 해."

마야는 미안한 얼굴을 해 보였다.

하지만 어쩔 수 없었다.

이곳은 강호.

힘이 없으면 숨을 죽이고 허리를 굽히고 살아야 하는 것이다.

'위험했다.'

방금 야율소하의 태도는 마야가 판단하기에 아주 위험한 행동이었다.

다행히 자혁이 마지막 순간에 마음을 바꿔서 무사히 넘어갈 수 있었지, 그렇지 않았더라면 그녀들은 아마 이곳에서 죽었을 것이다. 그만큼 자혁의 움직임에서는 어떤 미묘한 결단력이 느껴졌다.

'최대한 빨리 도착해야겠다.'

공손천기를 만나는 것을 좀 더 서둘러야 했다.

야율소하와 자혁을 한 공간에 두는 것은 그만큼 위험한 것이다.

마야는 그렇게 조마조마한 마음으로 마부에게 전음을 보내 속도를 더더욱 높였다.

*　　*　　*

"그러니까…… 스승님이 사라졌다는 말입니까?"

"그렇습니다."

맹주 직속 호위대인 구룡대의 대주 가뢰호는 눈앞에 있는 젊은 스님을 보며 공손한 태도를 해 보였다.

공야라 불리는 이 젊은 스님.

단순히 그가 맹주 일각의 유일한 제자여서 조심스럽게 대하는가?

아니었다.

평소 자유분방한 가뢰호가 이렇게 공야에게 예의를 갖추는 이유는 딱 하나였다.

'화경의 고수.'

가뢰호는 사람 보는 눈이 있었다.

겉으로 전혀 무공을 익힌 티가 나지 않았지만 가뢰호는 공야를 보는 순간 한눈에 알아보았다.

그가 이미 벽을 통과해서 화경이라는 절대의 경지에 이른 고수임을.

그리고 그런 고수가 나이까지 젊다는 것이 더욱 가뢰호를 예의 바르게 만들었다.

"스승님께서 실종되셨다는 말은…… 정도맹의 그 누구에게도 스스로의 행방을 알리지 않았다는 말입니까?"

"그렇습니다. 이쪽에 전혀 기별을 해 주지 않으셨습니다."

공야의 얼굴이 복잡해졌다.

갑작스러운 일각의 부재.

정도맹에서는 이것을 실종으로 보았다.

맹주로서의 역할이 가장 중요한 이 시점에 모습을 감췄기 때문이다.

'확실히 이건 스승님답지 않으신 행동이다.'

이곳까지 오는 동안 여러 가지 뜬구름 잡는 소문들을 들었다.

그것들 중에서도 가장 구체적이고 기억에 남는 소문 하나가 공야의 마음을 심란하게 만들었다.

'목이 꺾여도 살아남는 불사의 괴물이라…….'

소문을 들어 보니 정도맹 사천 지부의 고수들 중 하나가 목이 뒤로 완전히 꺾였는데도 죽지 않았다고 했다.

마교도 아니고, 정도맹 측에서 그런 괴물이 나왔다고 하니 강호는 지금 완전한 혼란에 빠져 있었다.

'서로 책임을 떠넘기기 급급하겠지…….'

그 덕분에 마교가 두 눈앞에서 멀쩡하게 도망치고 있는데 아무도 나서서 그들을 막지 못했다. 각자 자기 앞가림하느라 바빠졌던 탓이다.

특히나 소림의 입장이 무척이나 난감해졌다.

어느새 모든 책임의 소재가 그들에게 조금씩 떠넘겨지고 있었던 것이다.

'스승님, 저는 어떻게 해야 합니까…….'

본래는 스승님이 마왕 파순이라는 백무량의 말도 안 되는 주장을 듣고 그 결백을 증명하러 소림을 떠난 공야였다. 그런데 일이 꼬여서 지금은 정도맹에 들어선 순간부터 백팔나한과 함께 커다란 족쇄가 채워져 버렸다.

어디로든 함부로 움직이지 못하게 된 것이다.

"알겠습니다. 생각할 시간이 필요한 일이군요. 아미타불……."

"예."

"감사합니다. 수고하셨습니다."

가뢰호는 조심스러운 태도로 자리에서 일어나 문밖으로 나갔다. 그가 바깥으로 나가자 공야는 깊은 한숨을 내쉬었다.

정도맹의 수뇌부들은 지금 소림이 앞장서서 무언가 행동으로 보여 주길 원하고 있었다.

덕분에 공야는 난감해져 버렸다.

그를 책임자로 여기고 모든 것을 떠넘기려는 정도맹 수뇌부의 행동도 난감했지만, 무엇보다도 시간이 부족했다.

"시주께서는 제가 어떻게 하는 게 좋겠습니까?"

"지금 나한테 그걸 묻는 건가, 설마?"

백무량이 병풍 뒤에서 걸어 나오며 황당한 표정을 짓자 공야는 고개를 끄덕였다.

지금은 누구든 붙잡고 묻고 싶은 심정이었으니까.

그러다 공야는 고개를 젓고 질문을 조금 더 구체적으로 바꿨다.

"시주께서는 스승님의 실종에 마교가 관련이 있을 거라 봅니까?"

"내 솔직한 생각을 묻는 건가?"

"그렇습니다."

"내 입장에서는 둘이 전혀 무관하지 않다고 보고 있지."

마교가 물러나는 것과 같은 시기에 맹주가 실종되었다.

이건 우연이라고 보기엔 너무 공교롭지 않은가?

그렇게 맹주를 죽이기 위해 목숨 걸고 달려들었던 마교였는데 지금은 너무도 쉽게 물러서고 있었다.

이 둘 사이에 아무런 관계가 없다면 오히려 그게 더 이상하다.

"아쉽게 되었네. 그쪽이 어르신을 만났다면 마왕인지 아닌지 좀 더 확실하게 알 수 있었을 텐데……."

공야는 백무량의 중얼거림에 입을 다물었다.

사실 그는 일각을 만나 결백을 증명하고 소림을 모욕한 백무량에게 합당한 죄를 물으려 했다.

그랬기에 일부러 백팔나한까지 이끌고 나온 것이다.

저항하면 힘으로 제압하기 위해서.

'한데 어째서……'

일이 점점 이상하게 흘러가고 있었다.

죽지 않는 불사의 괴물이 등장한 것부터 시작해서 스승님의 갑작스러운 실종까지, 이 모든 것들이 공야의 마음을 심란하게 만들고 있었다.

'게다가……'

맹주가 사라지기 직전에 반로환동했다는 소문이 파다했다. 이 소문 역시 제법 구체적이었기 때문에 공야의 마음이 복잡해졌다.

정말로 어떤 한계를 돌파해서 반로환동을 했다면 스승님께서는 아마 누구보다 앞장서서 이번 일을 해결하려 하셨을 것이다. 그런데 오히려 사라지셨다는 것은 제자인 그로서도 여러 가지 의심이 들게 만들었다.

공야가 심란한 표정을 짓고 있을 때 누군가가 문을 열고 안으로 들어섰다.

"재미있는 소식을 들고 왔는데…… 어째 표정이 안 좋네?"

곽운벽이었다.

그가 히죽거리며 안으로 들어서다 공야의 어두운 얼굴에 멈칫거리는데 백무량이 고개를 삐딱하게 꼬며 말했다.

"알아보러 간 것은 알아봤나?"

"물론이지."

곽운벽은 소매에서 무언가를 꺼내어 가볍게 흔들며 말했다.

"이게 뭘까?"

백무량은 그것을 힐긋 보다가 차가운 눈빛으로 말했다.

"사람 손가락이군. 정확하게는 새끼손가락."

"맞아. 정확하게 맞췄어. 이게 바로 내가 찾던 거거든."

곽운벽은 신난 얼굴로 그것을 탁자에 올려놓고선 입을 열었다.

"이건 그 소문의 '괴물'에게 누군가가 산 채로 잡아먹힌 증거야. 지금 정도맹이 통제하고 있는 그 장소에 가면 이런 것들이 아주 사방에 널려 있지."

공야는 탁자에 놓여 있는 손가락을 보며 얼굴을 찌푸렸고, 곽운벽은 그러거나 말거나 신나서 입을 열었다.

"나는 사고를 조사한다는 명목으로 특별하게 그 장소에 들어갔는데 말이야…… 내 예상대로 이건 확실히 인간의 소행이 아니었어."

곽운벽은 마교와 구룡대가 충돌했던 장소에 갔다 온 참이었다.

이유는 간단했다.

그곳에서 목이 꺾여도 죽지 않았던 괴물이 등장했기 때문이다.

지금 그 장소는 정도맹에서 완벽하게 통제하고 있어서 허락된 몇 명만이 들어갈 수 있었다.

"각 문파의 실력 좋은 정보원들이 그곳에서 모조리 죽었어. 그들은 끝까지 그 괴물의 동태를 파악하려다가 죽은 거지. 괴물이 무슨 짓을 어떻게 했는지 모르겠는데, 거기에 있던 백 명이 넘는 인원들이 한순간에 잡아먹혔지."

새끼손가락에는 너무도 분명하게 뜯어 먹힌 자국이 남아 있었다.

공야가 그 모습에 불호를 외며 고개를 돌릴 무렵, 그것을 유심히 지켜보던 백무량이 질문했다.

"한순간에 죽었다? 백 명이 넘는 사람이?"

"그래. 내가 바로 그거 때문에 인간의 짓이 아니라고 한 거야."

곽운벽은 박수까지 치며 백무량의 질문을 좋아했다.

바로 그 부분을 언급하고 싶었던 것이다.

그는 장난감을 손에 쥔 어린아이처럼 새끼손가락을 들고 흔들며 말했다.

"이 괴물 놈은 거기에서 엄청난 양의 식사를 했어. 내가 보기에 이건 분명 맹주와 전혀 무관한 놈은 아닐 거야. 어떤 놈인지 보고 싶네."

곽운벽의 말을 고개를 돌린 채 듣고 있던 공야가 분노한 얼굴로 고개를 돌리며 입을 열었다.

"아직 스승님이 마왕 파순이라는 증거는 그 어디에도 없습니다. 정황이 그렇게 흘러간다 하여 함부로 엮어서 말하지 마십시오, 시주."

"이런! 미안! 내가 실수했네. 사과할게!"

하지만 말과는 다르게 곽운벽은 전혀 미안한 표정이 아니었다.

그는 장난기 가득한 미소를 입가에 그리며 손가락을 다시 소매 속에 넣은 후 말했다.

"그럼 우리 스님께서 기뻐하실 만한 말을 해 줘야겠네."

곽운벽의 말에 공야는 살짝 얼굴을 찡그렸다.

그동안 이 사람이랑 함께 이동을 하면서 얼마나 많은 괴롭힘을 당했던가?

자신이 스님이라는 것을 뻔히 알면서도 고기를 권유한다든가 술을 권유하며 노골적으로 괴롭혀 왔던 것이다.

그랬기에 공야는 곽운벽의 말에도 전혀 기대를 걸지 않고 있었다.

하지만…….

"다른 사람들은 맹주의 행방을 모르지만 나는 알지."

"……!"

"아니, 아마 천하에서 오직 나만이 맹주의 행방에 대해서 정확하게 알고 있을걸?"

곽운벽이 팔짱을 끼고 빙글거리는 웃음을 그리자 공야의 표정이 흔들렸다.

마치 이래도 굴복하지 않겠느냐, 라는 듯한 곽운벽의 얼굴에 공야가 결국 한숨을 내쉬며 말했다.

"아미타불…… 시주의 그 거짓말을 제가 어찌 신용할 수 있겠습니까?"

"전에도 말했지만 나는 맹주의 백회혈에 바늘을 박아 넣어 놨거든. 그게 이럴 때는 참으로 편리하게 이용될 수 있지."

곽운벽은 품에서 작은 바늘 하나를 꺼내 들었다.

그리고 그것에 어떤 물약 같은 것을 떨어뜨린 후 손바닥에 올리자 바늘이 저절로 회전하기 시작했다. 그 바늘 끝이

향하는 방향을 곽운벽이 손가락으로 가리키며 말했다.

"오호라? 지금은 저쪽 방향에 맹주가 있군. 물론 계속 이동 중이실 테니 방향은 계속 바뀌겠지만."

"……원하는 게 무엇입니까, 시주?"

곽운벽은 얼굴 전체에 사악한 미소를 그리며 공야를 응시했다. 그 미소를 보던 화경의 고수 공야의 무덤덤한 얼굴 위로 작은 공포가 떠올랐다.

*　　*　　*

원수는 외나무다리에서 만난다는 옛말이 있다.

평소에는 신경도 쓰지 않던 말이었지만 지금의 시우는 그 말에 크게 공감하고 있었다.

공손천기가 타고 있는 마차는 어떤 이름 없는 다리 위에 멈춰 서 있었다. 그리고 그 다리 건너편에는 시우가 익히 알고 있는 사람이 나무에 기대어 그림처럼 서 있었던 것이다.

"자혁……."

시우는 자신도 모르게 낮게 혀를 찼다.

저 녀석이 어째서 이런 곳에 있는 걸까?

전윤수 공자랑 같이 있어야 할 녀석이 왜 혼자 여기에 있는 거지?

잠시 동안 여러 가지를 생각하던 시우는 곧 뒷머리를 긁적이며 멋쩍게 웃어 보였다.

"오랜만이네?"

"……."

자혁은 그 특유의 진지한 표정으로 시우를 응시했다.

오랜만에 만났는데도 시우는 변함이 없어 보였다.

늘 그랬듯이 평소처럼 느긋하고 할 일 없어 보이는 모습.

'하지만…….'

겉모습에 현혹되면 안 된다.

내면을 읽어 내야만 하는 것이다.

시우를 뚫어져라 바라보던 자혁의 표정이 점차 눈에 띄게 굳어 갔다.

'……없다.'

시우의 솜털 하나하나까지 노려보던 그의 시선이 격하게 흔들리기 시작했다.

'아무것도 느껴지지 않는다.'

예전에 시우를 만나면 그가 아무리 기운을 숨기려고 해도 미세하게 읽어 낼 수 있었다.

그런데 지금의 시우에게서는 아무것도 느껴지지 않았다.

그야말로 무(無).

이것이 의미하는 바는 뚜렷했다.

'그사이 화경의 경지가 된 것인가…….'

허탈함이 전신에 가득해졌다.

하늘이 원망스러웠다.

그가 왜 이곳까지 찾아왔던가?

그동안 미뤄 두었던 형의 복수를 이루기 위함이 아니었던가.

하지만 시우는 이미 그가 도저히 넘보지 못할 경지를 이루어 놓은 상태였다.

자혁이 잠시 멍한 얼굴로 서 있을 때, 마차에서 막 내리던 야율소하가 자혁을 바라본 후 고개를 돌려 마야에게 속삭였다.

"왜 저런대? 완전 나라 잃은 표정이네."

야율소하의 질문에 마야는 침묵을 지켰다.

그녀는 자혁의 급격한 감정 변화가 어느 정도 이해가 되었던 것이다.

'화경의 고수.'

마야의 눈은 사물의 진실을 볼 수 있는 눈, 진안이다.

지금 그녀의 눈에는 시우의 경지가 확연하게 보였다.

그리고 그녀는 미미하게 고개를 끄덕였다.

아무래도 처음부터 자혁의 목표는 공손천기가 아니었던 모양이다.

그가 만나고자 했던 사람은 마차 지붕에 곤란한 표정으로 앉아 있는 저 사내, 공손천기의 호위 무사인 시우라는 남자였던 것이다.

'저 사람이 화경의 고수가 된 것이 그렇게 충격적인 일인 건가?'

마야는 거기까지 생각하다가 고개를 저었다.

둘 사이에 무슨 일이 있었는지 그녀는 모른다. 아니, 관심을 둘 필요도 없는 문제였다. 지금은 다른 사람의 사생활까지 신경 쓸 만큼 여유 있는 상황이 아니었으니까.

본인들 문제만 하더라도 해결하기 벅찼다.

그때.

마차 안에서 누군가의 음성이 흘러나왔다.

"가야 할 길이 구만리다. 언제까지 거기서 그러고 있을래?"

약간 짜증스러운 말투.

시우는 공손천기의 음성에 허둥거리며 마부에게 지시해서 다리를 건넜다.

그리고 야율소하를 바라보며 인사했다.

"별로 뵙고 싶지는 않은데 자주 뵙는데요? 우리 주군에게 무슨 볼일이신지요?"

"나도 넌 보고 싶지 않았어. 교주님에게만 볼일이 있거든. 그러니 교주님을 불러 줘."

"지금은 좀 곤란합니다. 우리 주군께서는 지금 아무도 만나고 싶어 하지 않으실 거거든요. 그냥 저에게 용건을 말씀해 주시죠?"

야율소하는 고개를 갸웃거렸다.

시우가 조금 전까지처럼 장난이 아닌, 정말로 곤란한 표정을 지어 보였던 것이다.

"왜? 직접 만나려고 일부러 여기까지 찾아왔는데 왜 못 보게 하는 거지? 혹시 교주님한테 무슨 일이 생겼어?"

야율소하의 질문에 시우는 잠시 움찔했다. 그리고 마차 내부의 눈치를 살피며 아주 작은 음성으로 입을 열었다.

"……거기엔 약간 복잡한 사정이 있습니다. 아주 가슴 아픈 일이 있었죠."

시우가 짐짓 슬픈 표정을 해 보이면서 말하자 마차 안에서 잠시 헛웃음이 들려왔다.

"가슴 아픈 일 좋아하네. 가증스러운 놈."

공손천기의 음성에서는 숨길 수 없는 분노가 묻어나고 있었고, 시우는 난처한 표정으로 이마의 식은땀을 소매로 가볍게 닦아내며 야율소하를 보았다.

"보시는 것처럼 주군께서는 당신을 만날 생각이 없으시고, 저희는 용무가 좀 급합니다. 여기서 한가롭게 이러고 있을 시간이 없죠. 그러니 용건만 간단하게 말씀해 주실 수 있으실까요?"

시우가 제법 친절하게 미소 지으며 물어봤지만 돌아온 것은 깔끔한 무시였다.

야율소하는 가볍게 시우를 무시하고 마차 문을 두들기며 말했다.

"안에 들어가서 말해도 될까요, 교주님?"

"그냥 그곳에서 이야기해도 되지 않나?"

공손천기가 귀찮은 음성으로 대답하자 야율소하는 재빨리 말을 이었다.

"아무래도 얼굴 보면서 이야기를 해야 할 거 같아서 그래요. 중요한 이야기예요."

야율소하는 여기까지 온 이상 절대 그냥 물러갈 수 없었다. 물론 애초부터 그냥 물러갈 생각 따위는 조금도 해 본 적 없는 그녀였다.

'난 지금 널 반드시 손에 넣을 거야.'

공손천기를 미인계로 유혹한다는 계획.

이것을 마야는 반쯤 농담으로 생각하고 있는 모양이었지만 야율소하는 절대로 빈말이 아니었다.

정말로, 진심을 다해 공손천기를 유혹할 생각이었던 것이다.

'어차피 사내들은 다 똑같아.'

이 세상에 열 여자 마다하는 남자는 없었다.

그랬기에 야율소하는 자신이 적극적인 마음을 먹고 접근한다면 어렵지 않게 공손천기를 정복할 수 있을 거라고 봤다.

공손천기 역시 남자였으니까.

약간의 시간이 흐른 후 마차 안에서 재미있다는 음성이 흘러나왔다.

"보고 나서 후회하지 않을 자신이 있다면 들어와."

후회?

야율소하는 웃었다.

오히려 지금 공손천기를 그냥 보내면 후회하게 될 것이다. 그랬기에 야율소하는 거침없이 마차 문을 열었다.

그리고 눈을 동그랗게 떴다.

*　　　*　　　*

파순은 피곤한 안색으로 앞을 보았다.

그리고 자신도 모르게 헛웃음을 지어 버렸다.

"여긴……."

미세한 흙먼지가 사방으로 비산하고 있고, 주변에 존재

하는 모든 것이 메말라 있는 황량한 죽음의 땅.

그곳에 거대한 비석이 서 있었다.

비석에 새겨져 있는 두 개의 글자.

봉마(封魔)

여긴 파순이 여래에게 최초로 봉인당했던 장소였다.

사막과 중원의 땅이 연결되어 있는 곳.

동시에 산 자와 죽은 자의 경계가 가장 희미한 땅이었다.

'내가 왜 이곳으로 왔지?'

파순은 단지 힘을 한꺼번에 사용해서 먼 곳으로 이동하려 했던 것뿐이었다.

파카후에게서 도망쳐야 했으니까.

최대한 그놈에게서 멀어져야 했으니까.

그랬더니 이런 엉뚱한 곳으로 와 버렸다.

'아니, 어쩌면 처음부터 이곳으로 오게 될 운명이었던가?'

돌고 돌아 다시 제자리였다.

그렇게 아등바등 여래의 손아귀에서 벗어나려고 발버둥 쳤는데 다시 이곳이라니……

'처음부터 여래의 손아귀에서 놀아났다는 건가?'

오랫동안 갇혀 있던 새장을 벗어나 드디어 하늘을 날았다고 생각했는데 그건 착각이었다.

단지 조금 더 넓어진 새장으로 바뀌었을 뿐 결국 여래의 속박에서 벗어나지 못하고 있었던 것이다.

"푸하핫! 여래, 참으로 재미있는 장난이구나?"

파순이 하늘을 보며 잠시 크게 웃고 있을 때.

문득 봉마의 땅, 그 앞에 펼쳐져 있는 세상에서 가장 어두운 동굴 안에서 누군가의 시선이 느껴졌다.

'안에 누가 있다?'

파순은 자신도 모르게 멈칫하며 정면을 쏘아보았다.

이곳은 애초에 아무나 올 수 없는 곳이었다.

한데 분명히 저 안에 누군가가 있었다.

'누구냐?'

봉인이 되어 있던 당시에도 그랬지만 지금도 마찬가지였다.

이곳은 산 자와 죽은 자의 경계선에 놓여 있는 땅이기 때문에 평범한 인간은 이 땅의 경계를 넘어설 수조차 없었다.

'공손천기와 같은 놈이 있던가?'

애초부터 이 땅은 공손천기처럼 특별한 '그릇'을 지닌 놈이 아니고서야 볼 수도 느낄 수도 없었다. 그런데 놀랍게도 저 동굴 깊은 곳에 누군가가, 그것도 멀쩡하게 산 사람이 있는 것이다.

파순이 얼굴을 찌푸린 채 바라보고 있을 때 동굴 끝에 있던 누군가가 걸어왔다.

뚜벅뚜벅—

녀석은 발자국 소리를 일부러 흘리며 천천히 걸어왔다.

파순의 얼굴에 온갖 감정들이 떠올랐다가 가라앉을 무렵 다가오던 사람의 형체가 뚜렷하게 보였다.

달빛 아래에 빛나는 은발의 머리카락.

무덤덤한 얼굴.

창백한 피부에 무심한 눈빛을 지닌 사내.

그는 잠시 파순을 바라보다 입을 열었다.

"기다리고 있었다."

"……"

파순은 사내를 바라보며 입술 끝을 씰룩거렸다.

기다렸다는 말을 하는 것을 보면 처음부터 저놈은 자신이 이곳으로 온다는 것을 알았던 모양이다.

"네놈은…… 대체 뭐지?"

은발의 사내는 파순의 밑도 끝도 없는 질문에 잠시 무미건조한 눈빛으로 주변을 둘러보다가 말했다.

"내 이름은 악중패다."

악중패.

현 천하제일인의 이름이었다.

그의 이름을 들은 파순은 오히려 분노한 얼굴을 해 보였다.

"아니, 내가 지금 이름을 물어본 것으로 보이느냐?"

파순은 얼굴을 일그러뜨리며 악중패를 바라보았다.

저놈의 무감정한 눈빛을 보니 속이 다 뒤틀렸다.

저 눈빛은 과거에도 본 적이 있었던 것이다.

"네놈은 여래와 무슨 관계가 있는 거지? 어째서 하찮은 인간 따위가 진리를 깨달은 자의 눈빛을 하고 있는 거냐?"

저건 여래의 눈빛과 똑같았다.

이 세상 만물의 모든 것을 깨닫고, 스스로의 품 안에 삼라만상을 거둔 자.

이놈 역시 진리를 보았다는 말인가?

파순이 치를 떨고 있을 때 악중패가 입을 열었다.

"오해하고 있군."

"오해? 무슨 오해! 내가 그 눈을 잊을 거 같으냐?"

단 한시도 잊어 본 적이 없는 눈이었다.

여래가 아무리 껍데기를 바꿔서 눈앞에 나타난다 하더라도 절대로 파순의 눈을 속일 순 없었다.

그때 악중패는 고개를 갸웃거리며 말했다.

"나는 악중패. 그 어떤 다른 누구도 아니다."

"……!"

"나는 이곳에서 너를 만나기 위해 기다렸다. 태고의 마왕."

악중패는 말을 하면서 파순을 바라보았다.

파순은 그런 악중패를 바라보다 전신을 부들거리며 떨었다.

'이놈…….'

자세히 바라보니 이놈은 놀랍게도 여래가 아니었다.

파순에게는 그것이 더 충격적이었다.

여래가 아님에도 불구하고 진리를 엿본 인간이 또 있다는 말이 아닌가?

여래 하나만 해도 부담스러운데 비슷한 놈이 여기 하나 더 있다니…….

잠시 동안 파순은 악중패를 살펴보다가 서서히 입술 끝을 말아 올렸다.

'아니다. 이놈은 아직 부족하다.'

그 부족한 것이 무엇일까?

그게 무엇인지는 파순조차도 알 수 없었지만, 어쨌든 이놈은 아직 완벽하게 껍질을 깨부수지 못했다.

세상의 진리를 훔쳐보긴 했어도 자신의 것으로 전부 소화시키지 못한 것이다.

"크크크, 네놈이 나를 찾아온 이유를 이제야 조금은 알겠군. 진리를 소화하지 못했기 때문이구나."

"……."

"그러고 보니 이제야 기억이 난다. 과거에 네놈이 어떤 인간을 죽일 때, 그 장소에 내가 있었지."

"지옥마제 방문천."

악중패가 불쑥 말하자 파순은 고개를 끄덕였다.

그때 파순은 그 장소에 모습을 숨기고 구경을 하고 있었다. 한데 저놈은 대체 어떻게 한 것인지는 모르겠지만 파순의 기척을 느끼고 아주 정확하게 칼을 휘둘렀다.

"크크크, 최후의 무언가를 얻기 위해 나를 찾은 거냐, 인간?"

악중패는 고개를 끄덕였다.

파순의 말처럼 악중패는 오랜 명상 끝에 진리를 엿보았다.

코앞에서 진리를 마주한 것이다.

하지만 결국 그것을 얻지는 못했다.

아쉬웠다.

그것을 완전히 손에 쥐기 위해서는 이제 시험이 필요했다.

과거 석가여래가 보리수나무 아래에서 받았던 시험처럼 목숨을 건 시험이 필요했다.

"미친놈이로군."

제 발로 시험을 받으러 찾아오는 놈이 있을 줄이야.

역시 오래 살고 볼 일이다.

여래 역시 운이 좋아서 마지막에 깨달음을 얻었을 뿐이지 사실은 다 죽일 뻔하지 않았던가?

'하지만 인간들은 그 사실을 모르지.'

인간들은 그저 여래가 쉽게 깨달음을 얻은 것이라 알고 있을 터.

파순이 음험하게 웃고 있을 무렵 악중패가 파순을 바라보며 덤덤하게 말했다.

"그쪽 본래의 힘을 잃었군."

"……!"

"그 몸으로도 가능한가?"

파순은 말을 멈췄다.

그리고 악중패를 바라보며 히죽 웃었다.

이놈을 보니 갑자기 모든 문제를 해결할 방법이 생각난 것이다.

'이것도 네가 마련해 놓은 장난질이냐, 여래?'

파순은 하늘을 올려다보며 그곳에서 아래를 내려다보고 있을 누군가를 떠올랐다.

그러면서 속으로 생각했다.

'그렇게 쉽게 모든 것이 네 마음 가는 대로 펼쳐질 거라 생각지 마라.'

운명이라는 것은 본래 유동적으로 변하기 마련이다.

여래가 무슨 짓을 해 놓았건, 파순에게는 그 지랄 맞은 운명에서 빠져나갈 자신이 생겼다.

파순은 자신 앞에 있는 무표정한 인간을 바라보며 음흉하게 웃어 보였다.

'여래와 같은 그릇이라⋯⋯.'

공손천기 말고도 동시대에 이런 괴물이 또 있었을 줄이야⋯⋯.

파순은 무척이나 흡족해졌다.

이놈을 시험에 들게 만들어서 저 단단한 평정심을 부수고 놈의 힘을 고스란히 흡수한다.

그렇다면 모든 것이 본래대로 돌아가는 것이다.

파순이 그렇게 생각하고 있을 때 악중패는 무표정한 얼굴로 파순을 바라보고만 있었다.

사실 파순은 지금 크게 간과한 사실이 있었다.

악중패는 제일 먼저 파순을 바라보며 분명 '그를 기다리고 있었다' 라고 말했다.

애초부터 파순이 올 것임을 내다봤다는 소리였다.

'세상의 이치에서 벗어나고 싶다.'

눈에 보이지 않는 인과의 그물을 끊고 싶었다.

그래서 세상에서 완전한 무(無)를 얻고 싶었다.

'본래 인간은 아무것도 없이 태어났다.'

악중패는 그동안 모든 것들을 버려 가며 강해져 왔다.

인간이라면 당연히 가지고 있을 감정을 버렸고, 스스로의 직위와 관계들을 버렸다. 그렇게 하나씩하나씩 버릴 때마다 본인이 추구하던 진리에 한 걸음씩 가까워져 갔다.

그러다 결국 최후의 순간이 찾아왔다.

'인간임을 버린다.'

인간의 껍데기를 버리고 완전한 무(無)에 도달해야만 했다. 그것이 바로 악중패가 추구하는 최후의 깨달음이었으니까.

파순은 악중패가 무슨 생각을 하든 말든 신경 쓰지 않았다.

그저 그에게 다가가 천천히 손을 뻗었을 뿐이다.

악중패가 원하는 대로 최후의 시험을 내려 주기 위함이었다.

第五章
두 명의 마야

사람 사이의 관계라는 건 무척이나 어렵다.

특히나 상대방이 본인에게 적대감을 품고 있으면 더더욱
어렵다.

시우는 눈앞에 서 있는 자혁을 한참이나 멍하게 바라보
다가 그에게 다가가 곁에 섰다.

"건강해 보이네."

"……."

자혁은 대답이 없었다.

아니, 사실 아무런 말을 할 수가 없었다.

지금 이 상황에서 시우에게 무슨 말을 해야 할지 알 수 없었던 것이다.

전혀 예상해 보지도 못했던 상황 앞에 자혁은 절망적인 마음뿐이었다.

"네가 첫째 공자님 없이 혼자서 날 찾아온 이유가 뭔지 생각해 봤거든?"

"……."

시우는 아무 대답 없는 자혁을 보며 뒷머리를 긁적이다 나무에 기대어 섰다. 그리고 잠시 뜸을 들이다 말했다.

"역시 자운, 그 녀석 문제 때문이겠지?"

자운.

자혁의 친형이자 시우의 손에 죽은 흑사자의 이름이다.

자혁의 눈앞에서 죽어 버린 형.

자혁은 지금까지도 그때의 원한을 잊지 못한다.

"그 녀석의 일은 미안하게 생각해. 그때 바로 사과했어야 하는데…… 그러지 못했어."

시우가 머뭇거리며 꺼낸 말에 자혁의 꾹 잠겨 있던 입이 열렸다. 그리고 그 입에서 흘러나온 음성은 굉장히 격렬했고, 짐승처럼 낮게 으르렁거렸다.

"……나에게 사과하지 마라. 나는 너에게 사과 따위를 받으려 이곳까지 온 게 아니다."

"알아. 형의 복수를 하려고 왔겠지."

확실히 이 문제는 단순히 사과 몇 마디 한다고 넘어갈 수 없는 문제였다.

혈육의 죽음을 눈앞에서 봐야만 했으니까.

그 분노는 말로 풀릴 성질의 것이 아니다.

"어째서…… 다른 녀석들은 다 살려 두었으면서 내 형은 죽였지? 우리 중에서도 무공이 제일 떨어지는 형이었다. 너라면 얼마든지 쉽게 제압 가능했을 텐데?"

메마른 논처럼 갈라지는 음성에 스며 있는 진하고 묵직한 감정의 파동.

그것이 시우에게 여과 없이 전해져 왔다.

녀석의 분노가 너무 생생하게 전해져 오자 시우 역시 마음이 아팠다.

'자운……'

흑사자가 되는 최종 관문.

그 시험은 바로 '나락도(那落島)'라 불리는 지옥의 섬에서 치러졌다.

그곳에 수백 명이나 되는 극도로 훈련된 젊은 고수들을 가둬 놓고 서로를 죽고 죽이는 생사결을 펼치게 했던 것이다.

그 지옥의 섬에서 최후까지 살아남은 고수들.

그들이 바로 살아남았던 서른 명의 흑사자들이었다.

"자운은…… 어쩔 수 없었다."

그랬다.

정말 어쩔 수 없었다.

시우는 최종까지 자신과 마주쳤던 모든 이들을 살려서 제압했지만 자운만큼은 예외였다.

'죽이지 않았으면 내가 죽었을 테니까.'

긴 생머리를 항상 아무렇게나 묶고 다니던 자운.

호리호리한 몸매와 작은 키 때문에 늘상 계집애 같다고 놀림을 받았던 녀석이었다.

시우는 녀석을 마주쳤을 때 당연히 금방 제압할 수 있을 거라고 생각했다. 한데 막상 서로 진심으로 주먹을 섞고 나니, 시우는 자운이 자신과 막상막하의 실력자라는 사실을 깨달았다.

그동안 자운은 철저히 본인 실력을 숨기고 있었던 것이다.

그리고 그것이 비극의 시작이었다.

"너는 모르겠지만 자운은 너무 강했어. 도저히 손에 여유를 두고 싸울 수 없을 만큼. 어쩌면 나보다 더 강했을지도 모를 정도로."

조금이라도 방심했다면 아마 지금 이곳에 있는 사람은 시우가 아니라 자운이 되었을 것이다. 그랬기 때문에 시우는 자혁을 보면서 사실은 조금도 미안하지 않았다.

그때 자운을 살려서 제압한다는 것.

그것은 스스로의 목숨을 내놓으라는 말과 같은 뜻이었으니까.

"······그건 거짓말이다. 형의 무공 실력은 내가 더 잘 안다."

자혁은 일그러진 얼굴로 시우를 바라보았다.

믿을 수 없었다.

저 시우와 동급이었다니?

그의 형이?

시우는 자혁의 태도를 보면서 확신했다.

자운은 친동생에게까지 본인의 실력을 철저히 숨겼던 것이다.

'지독한 놈.'

늘상 서글서글하게 웃고만 다녔던 자운의 얼굴이 떠오르자 시우는 입맛이 썼다.

"내가 이제까지 이 이야기를 하지 않은 이유는 딱 하나야. 네가 어차피 믿지 않을 거라는 걸 알았거든."

"그걸 알면서 지금 와서 말하는 이유는 뭐지?"

"상황이 변했으니까."

그랬다.

상황이 변했다.

시우는 자혁을 똑바로 바라보았다.

"과거에는 네가 날 조금도 두려워하지 않았으니까 이런 말을 할 수 없었지. 거짓말이라고 우길 게 뻔하거든. 하지만 지금이라면 가능해."

자혁의 무감각한 얼굴이 작게 일그러졌다.

시우가 무엇을 말하려 하는지 알았던 것이다.

"내가 지금 너에게 거짓말을 할 이유는 조금도 없어. 그 사실은 네가 더 잘 알겠지?"

"……."

시우는 화경의 고수.

이미 압도적으로 무력에서 격차가 나 버린 상황이었다.

이런 상황에서까지 시우가 군이 번거롭게 거짓말을 할 이유가 전혀 없었다.

"……."

"너희 형 자운은 정말 강했어. 너보다 더 강했지. 나도 도저히 손에 여유를 둘 수 없을 만큼 강했으니까. 그러니 내가 그를 죽인 것은 정당해. 이걸로 날 비난할 생각이라면 얼마든지 해도 좋아."

자혁의 얼굴에 떠올라 있는 감정이 다채롭게 변해 갔다.

처음에는 분노였다가 이윽고 불신으로 바뀌었다. 그러다

최종적으로는 짙은 허무감으로 변했다.

자혁의 표정을 지켜보던 시우는 입맛을 다시며 콧등을 긁적였다.

"아직도 복수할 생각이라면 더 강해져서 찾아와. 그때는 진심으로 받아줄게."

자혁은 아무런 말도 하지 못했다.

시우의 추측대로 그의 형이 얼마나 강했는지는 자혁도 잘 알지 못했다. 직접적으로 무공을 쓰는 것을 본 적이 없었으니까.

하지만 시우의 이야기를 듣고 나자 무심코 지나쳤던 사소한 행동들이 새롭게 다가왔다.

'정말로 형은 그렇게 고수였던가?'

자혁이 그렇게 혼자만의 생각에 빠져 있을 때 시우는 나름대로 홀가분한 표정으로 마차를 향해 걸어갔다.

사실 시우의 입장에서는 최대한 많이 자혁을 봐주고 있었던 것이다.

화경이 되기 전이었을 때도 시우는 자혁이 그다지 신경 쓰이지 않았다.

마음만 먹는다면 백 번 싸워서 백 번 정도 때려눕힐 수도 있었으니까. 하지만 그동안 쭈욱 자혁의 도발을 모른 척 어물쩍 넘어갔던 이유는 단 하나.

자운 때문이었다.

"나 대신 동생을 잘 부탁해. 이제 그 불쌍한 녀석,
세상에 혼자 남게 되거든."

사실 무시해도 될 만한 부탁이었다.

하지만 이 말이 주문처럼 시우의 움직임을 제약했던 것
이다.

죽기 직전 자운의 눈빛이 과거 그를 염려하던 누이의 눈
과 꼭 닮아 있었기 때문이다.

'내가 이렇게까지 말해 줬는데도 덤비면…… 그때부터는
나도 몰라.'

이만큼이면 참을 만큼 참아 주었다.

시우가 막 거기까지 생각했을 때 갑자기 마차 안에서 짧
은 비명이 터져 나왔다.

"꺄아악! 뭐야, 이게!"

야율소하의 비명이었다.

시우는 움찔거리며 마차 문에 손을 가져갔다가 곧 고개
를 끄덕였다. 야율소하가 비명을 지른 이유가 이해되었기
때문이다.

'아하, 그거 때문이구나.'

그래, 충분히 놀랄 만한 일이겠지.

시우가 납득한 얼굴로 마차 지붕 위에 훌쩍 올라갈 무렵, 마차 안에 있는 야율소하는 지금 혼란 그 자체였다.

"어, 어째서 마야가 두 명인 거야?"

비명처럼 터져 나오는 음성에 공손천기는 작게 미소 지었다.

과연 예상했던 반응 그대로였기 때문이다.

그리고 사실 공손천기가 신경 썼던 것은 야율소하가 아니었다.

진짜 마야, 그녀의 반응이 궁금했던 것이다.

그 표정 없는 여자의 반응이 궁금했기에 한시라도 빨리 천마신교로 복귀해야 하는 와중에도 그녀들을 맞이하게 되었다.

'어떤 생각을 할까?'

이상하게도 마야라는 여자에게 계속 신경이 쓰였다.

남들이 마야에 대해서 괴물이네, 도깨비네 해도 공손천기의 눈에는 천하제일 미녀였던 것이다.

"……."

마야는 자신과 똑 닮은 여자를 보고 순간 멈칫했다.

놀란 것이다.

얼굴부터 몸매까지.

완전히 똑같은 여자가 마차에 앉아서 그녀를 내려다보고 있었다.

그건 놀랍게도 굉장히 불쾌한 경험이었다.

그랬다.

불쾌했다.

신기함과 놀람을 넘어서는 불쾌감에 마야는 당황스러워했다.

'인간은 아니다.'

마야의 눈은 진안이었다.

그녀의 눈은 모든 사물의 실체를 꿰뚫는 것이었기에 자신과 똑 닮은 사람을 보자마자 그녀가 인간이 아님을 단박에 알 수 있었다.

'그런데……'

그것이 전부였다.

눈앞에 자신을 닮은 존재가 있는데, 그 본래 실체가 무엇인지는 전혀 보이지 않았던 것이다.

이건 마야를 혼란스럽게 만들기에 충분했다.

"나 기분이 이상해."

그때까지 공손천기 옆에 앉아 있던 가짜 마야가 진짜 마야를 보며 고개를 갸웃거렸다.

그러다 앞을 막고 있던 야율소하를 옆으로 밀쳤다.

"꺄!"

야율소하가 마차 구석으로 밀려난 사이 가짜 마야는 진짜 마야 바로 앞에 가서 섰다.

서로의 숨소리가 들릴 만큼 가까이 마주한 두 사람.

둘의 시선이 한동안 허공에서 격렬하게 부딪쳤다.

잠시 후 가짜 마야는 가볍게 미소 지으며 말했다.

"공손천기가 가장 보고 싶어 하던 사람이 바로 너였구나."

"……?"

진짜 마야가 이해가 안 된다는 얼굴을 할 때 공손천기가 후다닥 움직여서 가짜 마야의 어깨를 덥석 잡고 뒤로 당겼다.

"무, 무슨 헛소리를 하는 거냐, 갑자기?"

"음? 맞지 않나?"

가짜 마야는 고개를 갸웃거리며 공손천기를 바라보았다.

그러다 공손천기가 평소처럼 여유롭고 느긋한 얼굴이 아니라 살짝 상기된 얼굴을 하고 있자 고개를 끄덕였다.

"그랬군. 부끄러워하는 거였구나, 공손천기. 평소에 그리워하던 짝을 만나자 발정이 난 건가?"

"……!"

마차 안에 있던 모두가 경악에 찬 얼굴을 해 보였다.

가짜 마야의 거침없는 발언에 할 말을 잃어버린 것이다.

평소 감정 표현이 거의 없던 진짜 마야 역시 이번만큼은 크게 놀란 얼굴로 굳어 버렸다.

잠시 무거운 침묵이 마차 안에 가득해졌다.

그 손에 잡힐 듯 묵직한 침묵을 깬 것은 반대쪽 구석에 앉아 있던 초위명이었다.

"크크크…… 이거 아주 정확한 녀석이구만? 크게 틀린 말은 아니지. 저 녀석 아까부터 저 여자만 뚫어져라 보고 있더구만."

"……입 다물어, 영감."

초위명은 평소에는 무슨 일에든 여유롭던 공손천기가 제법 격렬한 반응을 보이자 재미있는지 히죽 웃으며 진짜 마야에게 말했다.

"클클, 너 얼굴 닳을 수도 있겠다. 조심해라."

공손천기는 초위명의 노골적인 야유에 전신을 가볍게 떨었다.

부끄러웠던 것이다.

하지만 그것을 겉으로 표현하게 된다면 초위명의 말을 인정하게 되는 꼴이니 가까스로 그것을 억눌렀다.

'빌어먹을…….'

분위기가 처음에 예상했던 것과는 전혀 다르게 흘러가고 있었기 때문에 공손천기는 불쾌해졌다.

게다가 지금 가장 신경 쓰이는 것.

그것은 바로 진짜 마야의 얼굴을 똑바로 바라볼 수가 없다는 사실이었다.

'젠장.'

그를 바라보는 너무도 뚜렷한 시선이 옆에서 느껴지는데도 그쪽으로 고개를 돌릴 수가 없었다.

이런 괴상한 기분은 살면서 처음 겪어 보는 일이었다.

공손천기의 얼굴이 당황으로 일그러질 때쯤 구석으로 밀려났던 야율소하가 둘 사이에 흐르는 묘한 기운을 느끼고 멍청한 표정을 해 보였다.

"뭐야…… 그랬던 거야?"

공손천기는 아마 처음 볼 때부터 마야를 좋아했던 모양이었다. 하긴 그리고 보면 마야를 보면서 미인이네 뭐네 했던 게 수상하긴 했다.

"당황스러운 상황이네, 이건……."

"주인님……."

진짜 마야가 허둥거리며 야율소하에게 다가갔다.

그녀도 그때까지 본인도 모르게 공손천기에게 시선을 빼앗겨 있었던 것이다.

마야 입장에서도 공손천기는 계속해서 신경이 쓰이는 사내였다. 그랬던 사내가 자신을 좋아한다는 식으로 이야기가 흘러가자 진짜 마야 역시 무심코 집중해 버렸다.

'지금은 그래서 안 되는 거였는데……'

진짜 마야는 자신의 부주의를 속으로 책망했다.

지금 이 자리는 자신이 나서도 될 자리가 아니었다.

마땅히 그녀의 주인인 야율소하가 주목을 받아야만 하는 자리였던 것이다.

"괜찮아. 지금은 안 챙겨 줘도 돼."

진짜 마야의 부축을 가볍게 밀어내며 야율소하는 허탈한 눈으로 공손천기를 바라보았다.

그러다 공손천기와 눈이 마주치자 말했다.

"우리 교주님은 마야한테 마음이 있던 거야?"

"……그런 거 아니다. 마음대로 몰아가지 마라."

입으로는 아니라고 하지만 동공이 크게 흔들렸다.

그리고 저 숨길 수 없는 태도.

저것을 보고도 공손천기의 감정을 못 읽는 바보는 지금 이 자리에 없었다.

초위명은 공손천기를 보다가 고개를 절레절레 저으며 아예 눈을 감아 버렸고, 가짜 마야 역시 고개를 갸웃거리며 공손천기를 응시하고 있었다. 야율소하는 공손천기를 바라보며 눈초리를 꿈틀거리다 물었다.

"정말 마음에 없어?"

"……그래."

"진짜?"

"물론이다."

"왜? 마음에 들면 지금이라도 당장 말해. 원한다면 얼마든지 잠자리 시중이라도 들게 해 줄 테니까."

야율소하의 말에 진짜 마야는 멈칫하며 모든 동작을 멈춰 버렸다.

충격을 받은 것이다.

진짜 마야의 손끝이 가늘게 떨리기 시작했다.

"아하! 그러고 보니 당사자한테 허락을 안 받았네. 넌 어때, 마야? 너도 교주님이 마음에 들어?"

"……."

진짜 마야는 아무 말도 하지 못했다.

그저 고개를 숙인 채로 조용히 앉아 있었다.

방금 야율소하의 발언 때문일까?

충격이 너무 컸다.

"왜 대답 안 해? 오호라? 너도 이제는 내가 우습지? 그렇지?"

"……아닙니다, 주인님."

"그런 게 아니면 왜 대답을 못 하는데! 좋으면 좋다, 싫으면 싫다, 왜 말을 못 해? 설마 내 눈치가 보여서 좋아한다고 말 못 하는 거야? 그런 거야?"

야율소하가 정말 화난 얼굴로 다그치자 진짜 마야는 고개를 숙인 채 전신을 가볍게 떨었다.

그러다 무언가 말을 하려고 할 때 공손천기가 나섰다.

"거기까지만 해라."

"뭘 거기까지만 해? 내 일이니까 넌 나서지 마."

야율소하가 눈을 희번덕거리며 말하자 공손천기의 입가에 바람 빠진 미소가 떠올랐다.

덕분에 조금 전까지 부끄러움과 쑥스러움이 남아 있던 공손천기에게도 조금쯤은 여유가 생겼다.

"지금 네 태도를 보면 무슨 대답을 해도 화를 낼 게 뻔한데 무서워서 말을 할 수 있겠나?"

"대답해, 마야!"

야율소하는 마야의 양어깨에 손을 올려놓고 채근했다.

대답을 강요하는 그녀의 눈은 붉게 충혈되어 있었고, 전신에는 숨길 수 없는 분노가 가득했다.

"나 동정하지 마, 마야. 너까지 나 동정할 생각이면 차라리 죽는 게 더 나아."

"주인님……."

"그러니까 지금 똑바로 대답해."

진짜 마야는 야율소하를 응시했다.

그러다 시선을 돌려 공손천기를 바라보았다.

공손천기는 이번에는 그 시선을 피하지 않았다.

둘 사이에 시선이 얽히고 공손천기의 눈매가 가늘어질 무렵 마야가 입을 열었다.

*　　　*　　　*

위기는 항상 기회와 함께 찾아오는 법이다.

거지들이 모여 있는 문파인 개방.

그들은 지금이 바로 기회라고 생각했다.

'그래, 지금이 기회인 건 맞지.'

개방의 태상장로 흑옥개는 흐르는 콧물을 소매로 스윽 닦으며 히죽 웃었다.

삼천 명의 정예 고수들.

그들이 지금 마교를 완벽하게 포위했던 것이다.

'쉽게 보내줄 수는 없지. 크헤헤!'

흑옥개는 자신이 주도하여 만들어 놓은 이 완벽한 포위 망을 보자 다시금 기분이 좋아졌다.

마교.

천하를 항상 공포에 떨게 했던 그 마교가 지금은 거의 무방비와 다름이 없는 상태로 도망치고 있었다.

정도맹은 그동안 거의 다 잡은 고기를 두 눈을 뻔히 뜨고 보내 줄 수밖에 없었다.

여론이 너무 좋지 않았던 것이다.

'강시가 우리 쪽 진영에서 나온 게 크긴 컸으니까.'

개방으로서도 당황스러운 사건이긴 했다.

정의를 수호하고 악마를 처단해야 하는 그들이 강시를 사용했다는 것 자체가 도덕적으로 치명타였던 것이다.

'게다가……'

소림사의 방장이자 정도맹주인 일각에 관한 온갖 나쁜 소문들이 조금씩 실체를 가지고 흘러나오고 있었다.

'인육을 먹었다라……'

흑옥개는 처음 이 소문을 들었을 때는 무슨 헛소리냐고 도리어 상대방을 쏘아붙였다.

하지만 지금은 아니다.

일각이 만들어 놓은 흔적들이 너무도 분명한 증거물로 남아 있었던 것이다.

'덕분에 소림은 난리가 났지.'

먹다 남은 시체들이 발견되었고, 그 시체가 된 사람들이 알고 보니 전부 일각의 부름을 받고 사라졌다는 사실은 소림의 입장을 곤란하게 만들고 있었다.

희생자들이 한두 명이 아니었던 것이다.

너무도 확실한 증거들이 속속 나오고 있었다.

'이건 분명 놓칠 수 없는 기회야.'

그동안 정도맹에서는 거의 절대적이라 할 수 있었던 소림사였다.

역으로 그들의 입지가 무척이나 축소된 지금에 와서야 다른 문파들이 발언권을 가질 기회가 생긴 것이다.

'마교를 섬멸한다. 그리고 개방이 정도맹의 주축이 된다!'

원대한 야망!

흑옥개는 본인의 야망을 위해 지금 이런 자리를 만들었다.

현재 마교의 고수들은 섬서 지역에서 사천 지역으로 넘어가는 길목까지 도달해 있었다. 그들의 이동 경로를 정확히 예측한 개방은 한발 빠르게 움직여서 섬서 지역과 사천 지역의 대문파들을 찾아가 적극적인 협조를 요청했다.

이 기회를 놓치면 안 된다고 주변 문파들을 설득했던 것이다.

개방의 태상장로가 직접 발 벗고 뛴 노력 덕분일까?

결국 아슬아슬한 시기에 마교를 소탕할 거대한 그물망을 완성시킬 수 있었다.

'뒈쳐 봐라, 교주.'

상대방은 마교의 젊은 교주다.

저렇게 어린 나이에 교주까지 된 아주 위험한 놈이니 절대 멀쩡하게 보내 줄 수 없었다.

스윽—

흑옥개는 왼손을 가볍게 들어 올렸다.

그러자 맞은편에 있던 숲에서 일단의 사람들이 움직이기 시작했다. 점창파의 고수들과 아미파의 고수들이 포위망을 더더욱 좁힌 것이다.

그 모습을 보고 흑옥개는 흡족하게 웃어 보였다.

'확실히 정예는 정예야.'

자신의 손짓 한 번에 일사불란하게 움직이는 저 모습.

흑옥개는 너무도 기분이 좋아졌다.

그는 누런 이를 드러내 보이며 헤벌쭉 웃다가 다시금 오른손을 들어 올렸다.

스스슥—

그가 오른손을 올리자마자 오른쪽에 있던 화산파의 고수들과 청성파의 고수들이 재빨리 앞으로 움직여 포위망을 좁혀 갔다.

'이제는 놈들도 눈치챘겠지.'

뭐 거리가 이렇게까지 좁혀진 이상 마교의 놈들도 알아챌 수밖에 없었다.

하지만 이제야 알아서 어쩌겠다는 건가?

놈들도 어쩔 수 없을 것이다.

인원이 열 배 이상 차이가 났으니까.

'그럼 우리 개방도 이제 움직여 볼까나?'

흑옥개는 몸을 일으켰다.

그가 턱짓하자 저 멀리 있던 개방의 거지들이 일제히 바위를 굴리기 시작했다.

쿠르르릉—! 콰콰쾅—!

바위들이 언덕을 타고 굴러가서 마차의 진로를 완벽하게 막아 냈다.

그 모습을 보고 흑옥개는 만족스럽게 웃으며 천천히 걸어가 마차의 정면을 막아섰다. 그는 다시금 흐르는 콧물을 소매로 스윽 닦아 낸 후 호탕하게 입을 열었다.

"푸하하하! 이 마교 놈들아! 어디를 그렇게 급하게 도망치느냐? 도망을 치려면 이 어르신에게 허락을 받아야지, 이 놈들아!"

부웅—!

흑옥개는 허리춤에 매달려 있던 대나무 방망이를 꺼내 휘두르며 호기롭게 소리쳤다.

"……"

시우는 마차 앞을 당당하게 막아선 늙은 거지를 잠시 동안 물끄러미 바라보았다.

그리고 주변을 스윽 돌아보며 깊은 한숨을 내쉬었다.

'에휴, 내가 이럴 줄 알았지.'

그의 인생이 이렇게 편할 리가 없었다.

이곳은 누가 뭐라 해도 정도맹의 영역.

아무 일 없이 통과한다는 게 오히려 이상한 일이다.

"그래, 차라리 이렇게 나타나 줘서 고맙네."

그동안 시우는 늘 불안했다.

슬슬 적들이 나타날 때가 되었는데 계속 나타나지 않아서 내심 신경이 쓰였던 것이다.

"그래도 하필 거지라니……."

시우가 하늘을 보며 그렇게 중얼거리자 흑옥개의 호탕한 얼굴 위로 한줄기 분노가 떠올랐다.

"이노옴! 한낱 마졸 주제에 헛소리를 하는 것을 보니 용기가 가상하구나! 개방의 태상장로를 앞에 두고 그런 만용을 부리다니!"

"……."

확실히 개방의 태상장로라면 무림에서 결코 낮은 직위는 아니었다.

'그래서 뭐?'

시우가 시큰둥한 표정을 짓고 있을 무렵 흑옥개의 뒤에 있던 개방 거지 하나가 머뭇거리며 다가와 흑옥개의 귓가에 뭐라고 속삭였다.

그러자 흑옥개의 눈빛이 변했다.

"저, 저놈이 그 화경의 고수라는 말이냐?"

"예, 장로님……."

사실 시우의 무력은 정확하게 정도맹에 알려져 있지 않았다. 그냥 화경의 고수라 짐작하고 있을 뿐이다.

어느 날 갑자기 하늘에서 뚝 떨어진 고수인 것이다.

저놈은 공손천기나 전윤수처럼 외부에 한 번이라도 드러난 적이 없었다.

'심지어 이름조차도 모르지…….'

과거에 배덕의 기사를 상대로 무력을 쓰긴 했지만 그것이 끝. 정체는 물론이고 정확한 무력 수준조차 알려지지 않았어도 화경임은 확실한 고수였다.

화경의 고수는 강호의 모든 직위를 초월하는 존재다.

이름 앞에 '절대'라는 칭호를 붙일 수 있는 존재들이니까.

그들 앞에서는 태상장로라는 직위조차 한낱 가치 없는 이름일 뿐.

"화, 화경의 고수라도 상관없다! 반드시 넌 내가 죽인다!"

"예, 예."

시우는 건성으로 말하면서도 계속해서 주변을 살폈다.

확실히 다른 건 둘째치고라도 눈앞에 있는 적들의 가장 큰 문제는 바로 '숫자'였다.

인원수에서 너무 차이가 나는 것이다.

게다가 적들 대다수가 절정 고수였고, 최소 일류 수준은 넘어 있었다.

이건 시우에게도 은근한 부담으로 다가왔다.

하지만 고민은 짧았고, 결단은 빨랐다.

그는 흑옥개를 한 번 살펴보다가 특유의 사람 좋은 미소를 입가에 그렸다.

"혹시 혼인은 하셨습니까, 영감님?"

뜬금없는 질문.

흑옥개는 시우의 눈치를 살펴보다가 짐짓 겁먹지 않은 척 크게 웃었다.

"푸허헛! 거지에게 혼인을 묻다니 멍청하기 그지없구나. 본 개방의 이념은 무소유다, 이놈아!"

"무소유라……. 그럼 혼인을 안 하셨다는 말이네요? 가족도 당연히 없으시겠죠?"

"당연하지, 이놈아!"

"확인차 묻는 거지만 어디 몰래 숨겨 둔 자식이 있으시거나 그렇지는 않죠? 아! 물론 없어 보이긴 합니다만 그냥 확실하게 하고 싶어서 물어보는 거니 너무 서운하게 생각하지 마십쇼, 영감님."

흑옥개의 겁먹은 얼굴에 점차 분노가 떠올랐다.

이놈이 자신을 앞에 두고 공개적으로 망신을 준다고 생각한 것이다.

"화경의 고수고 나발이고 네놈은 내가 반드시 뼈마디를 분질러 주겠다!"

"그럴 일은 아마 없을 겁니다, 영감님."

"쿵! 어디 개처럼 두들겨 맞으면서도 그렇게 요망하게 입을 놀릴 수 있는지 한번 보자."

후웅─

흑옥개가 코웃음 치며 들고 있던 대나무 방망이를 들고 자세를 잡을 때, 마부석에 앉아 실실 웃고 있던 시우가 눈앞에서 갑자기 연기처럼 사라졌다.

'어?'

흑옥개가 잠깐 어리둥절한 얼굴을 해 보인 순간 누군가 뒤에서 친근하게 속삭였다.

"그리고 제 이름은 이놈 저놈이 아니라 시우입니다, 영감님."

"……!"

흑옥개가 깜짝 놀라서 몸을 돌리려는 찰나.

우드득─

갑자기 눈에 보이는 광경들이 확 꺾이며 전신에서 힘이 쭉 빠졌다.

목이 뒤틀린 것이다.

그가 힘없이 바닥에 주저앉자 시우가 가볍게 손을 털며 투덜거렸다.

"이거 냄새 빼려면 열흘은 깨끗이 씻어야겠네."

개방의 제자를 비롯해서 이곳에 있는 그 누구도 시우의 움직임을 좇지 못했다. 그러다 사태 파악이 되자 그들은 짐승처럼 소리치며 시우를 향해 달려들었다.

"장로님의 원수를 갚아라!"

"저 족제비 같이 생긴 놈을 죽여!"

개방의 고수들이 악다구니를 쓰며 덤벼드는 것을 지켜보며 시우는 작게 중얼거렸다.

"우선은 개방부터……."

이들이 제일 만만했다.

숫자는 가장 많았지만 그만큼 약했던 것이다.

'진짜는 이놈들이 아니니까.'

이 거지들은 미끼였다.

잠깐이나마 시선을 잡아 두는 미끼.

진짜 고수들은 지금 막 마차 쪽으로 덮쳐 가는 점창파와 아미파, 청성파 쪽에 있었다.

'역시…….'

하지만 시우는 마차 쪽에서 시선을 거두고 거지들을 빠

르게 쳐 죽이기 시작했다.

『그쪽은 잘 부탁드리겠습니다, 부대주님.』

『크흐흐, 맡겨만 둬.』

우규호를 비롯한 마라천풍대의 인원 서른 명.

거기에 천마신교에서 지원 나온 삼백 명의 고수들.

그들이 유령처럼 등장한 것이다.

"몽땅 쳐 죽여라! 크하하핫!"

"……시끄러워 죽겠네."

우규호는 신난 얼굴로 제일 앞서서 적들에게 달려들었다. 그 뒤를 투덜거리는 주상산을 비롯한 고수들이 따라 움직였다.

첫 격돌의 순간.

결과는 너무도 분명하게 나왔다.

콰지지직—!

"크흑!"

"컥!"

같은 절정 고수들의 싸움이지만 두 단체 간의 격차는 숨길 수 없었다.

마라천풍대의 인원들은 전원이 절정에서도 최상급에 들어선 고수들.

한 명, 한 명이 일파의 장로급이었다.

"푸하하! 고작 이 정도였느냐? 아미파도 별거 없구나."

우규호가 신난 듯 양손을 풍차처럼 돌리며 전장을 휘저었고, 나머지 마라천풍대 인원들은 번거롭다는 기색이 역력한 얼굴로 손을 쓰고 있었다.

그들은 상대방의 머릿수를 보면서도 조금도 주눅 들지 않았고, 그건 천마신교에서 지원 나온 삼백 명의 고수들도 마찬가지였다.

그들 역시 권광민과 전박이 가리고 가려서 뽑은 정예였으니까.

콰드드득─!

섬뜩한 소리와 함께 순식간에 바닥에 시체들이 쌓여 갔다.

바닥에 쓰러지는 대부분이 정도맹 쪽의 고수들이었다.

'어렵겠구나.'

가만히 수풀 사이에 몸을 숨긴 채 전황을 지켜보고 있던 화산파의 장로 홍엽 진인의 얼굴에 짙은 그늘이 떠올랐다.

겉으로는 흑옥개가 이번 모임을 주도했고, 그가 대장이 되어서 움직였지만 실상은 조금 달랐다.

아미파와 점창파, 그리고 청성파는 모두 홍엽 진인의 은밀한 지시에 따라서 움직이고 있었던 것이다. 죽는 순간까지 흑옥개는 본인이 대장이라고 생각했지만 사실은 아니었다.

'약간의 변수가 생겼지만 그래도 이것은 해야만 하는 일

이다.'

흑옥개를 비롯한 개방의 역할은 정말 컸다.

마교 고수들의 병력을 잠시 동안 묶어 두는 것이다.

그들의 신경이 정면에 집중되었을 때 진짜 고수들이 등장해서 마차 안의 교주를 기습하는 것이 이번 공격의 핵심이었다.

'그랬어야 하는데……'

난감하게도 딱 한 명만이 개방을 향해 움직였다.

나머지는 전부 마차 주변에 대기하고 있었던 것이다.

그래도 본래 계획했던 대로 움직여야만 했다.

이대로 일방적인 피해만 입은 채 물러설 수는 없었으니까.

'물론 계획에 약간의 수정은 했지만……'

점창파와 아미파, 게다가 청성파까지 미끼가 되기로 했다. 그들이 마차 주변에 있던 병력들을 전부 다 빼주고 나서야 화산파의 고수들이 움직이는 것이다.

그리고 여기까지는 예상대로 흘러갔다.

마교의 고수들이 점창파와 아미파, 청성파의 고수들을 부수며 빠르게 마차에서 멀어졌던 것이다.

하지만 홍엽진인은 그 광경을 보면서도 망설였다.

아랫입술을 깨물며 고민하는 것이다.

'교주는 화경의 고수. 이건 정말 쉽지 않은 싸움일 것이

다.'

애초 계획보다 훨씬 적은 인원이 화경의 고수와 싸워야
했다.

하지만 어쩔 수 없었다.

지금은 모두가 고생하고 있는 형편이었으니까.

홍엽진인은 기회를 노리고 있다가 번개처럼 움직였다.

'지금이다.'

마교의 고수들이 완전히 마차에서 멀리 떨어졌을 무렵
마차를 향해 쇄도하며 검기를 뿌린 것이다.

홍엽진인의 뒤편으로 화산파의 정예 고수들이 따라붙었
다.

단단한 마차 위로 홍엽진인의 날카로운 검기가 들이닥쳤
다.

콰아아앙—!

엄청난 소음이 들림과 동시에 개방의 거지들을 혼자서
막고 있던 시우의 얼굴이 와락 일그러졌다.

"내가 이거 때문에 잘 부탁드린다고 했던 건데……."

시우가 부대주 우규호에게 마차를 맡긴 이유는 바로 저
들 때문이었다.

한데 우규호는 애초에 마차의 안위 따위는 조금도 신경
쓰지 않고 모든 전력을 데리고 아미파와 점창파를 쓸어 가고 있었다.

공손천기를 보호해야 한다는 생각 따위는 전혀 없었던 것이다.

"내가 못살겠다, 진짜."

정신없이 바쁘게 움직이던 시우가 개방 제자 서너 명을 한꺼번에 걷어찬 다음 공중으로 훌쩍 몸을 띄웠다.

그러자 마차의 천장이 부서진 것이 눈에 들어왔다.

'완전 박살 났네, 저거.'

천장부터 시작해서 그것을 단단하게 받쳐 주던 기둥까지 부서져 있었다.

저걸 수리하려면 적어도 반나절은 걸릴 것이다.

그리고 문제는 그게 끝이 아니었다.

화산파의 고수들이 거추장스러운 마차를 완전 분해하고 있는 것이 보였다.

팅―!

"컥!"

때마침 공손천기가 덮쳐 오던 홍엽 진인의 검을 손가락으로 튕겨 낸 후 슬쩍 고개를 들어 시우를 바라보았다.

허공에서 두 사람의 눈이 마주치는 순간 시우는 어색하게 웃어 보였고, 공손천기는 눈을 가늘게 뜨며 한심하다는 표정을 해 보였다.

'죄송합니다, 주군.'

시우가 미안한 얼굴을 살짝 숙여 보일 무렵, 그때까지 마차 옆에 망부석처럼 서 있던 자혁에게도 불똥이 튀었다.

그가 자신을 향해 달려드는 화산파의 고수들을 보며 어쩔 수 없이 검을 쓰기 시작한 것이다.

'원래 모난 놈 옆에 있으면 함께 벼락을 맞는 법이지.'

복수를 하겠다고 찾아온 녀석이 지금은 원수를 위해서 싸워 주고 있었다.

이 얼마나 즐거운 광경인가?

뜻밖에 휘말리게 된 자혁의 분투를 지켜보며 시우가 내심 기뻐할 때 화산파의 고수들 중 누군가가 마차에 있던 마야를 향해 검을 뿌려 댔다.

이건 누구도 예상치 못한 순간의 기습이었고, 그랬기에 마야도 미처 대처하기 어려운 상황이었다. 상대는 마차의 나무 문을 뚫고 검을 찔러 넣었던 것이다.

그러자 그때까지 느릿하게만 움직이던 공손천기가 처음으로 빠른 움직임을 보였다.

쾅—!

귀찮다는 얼굴로 방어만 하던 공손천기가 처음 정권을 날린 것이다.

그리고 그 결과는 참혹했다.

폭음과 함께 화산파의 고수가 완전히 피떡이 되어 날아 갔으니까.

"적호 사형!"

화산파의 고수들이 분노한 얼굴을 해 보였지만 공손천기 는 느긋했다.

그는 양손을 들어 보이며 나직하게 말했다.

"나는 괜찮지만 내 손님을 건드리는 건 꽤 곤란해. 이쪽 도 체면이 걸려 있어서."

공손천기는 굳어 있는 마야의 얼굴을 바라보며 작게 미 소 지었다.

"게다가 이제는 꼭 들어야 할 말도 생겼거든."

"……."

마야는 굳은 얼굴로 옆에 있던 야율소하를 꽉 껴안았다.

그 모습을 지켜보던 공손천기가 마야 곁을 스쳐 가며 작 게 말했다.

"검게 염색한 머리도 잘 어울린다."

"……!"

얼어붙은 마야를 뒤로하고 공손천기는 양손을 휘저었다.

그가 적극적으로 전투에 가담하기 시작한 것이다.

第六章
전광석화

정도맹의 고수들이 들이닥치기 직전.

마차 안에서 마야는 궁지에 몰려 있었다.

'교주님이 마음에 드냐니……'

야율소하는 분노한 얼굴로 마야에게 대답을 요구했다.

근데 사실 이것은 물으나 마나 한 질문이었다.

교주 공손천기와 얼굴을 마주한 것은 몇 번 되지 않는다.

그 몇 번의 짧은 만남 사이에 어떤 감정이 생긴다는 자체가 불가능한 것이다.

'분명 그래야 맞는 건데……'

마야는 아랫입술을 깨물었다.

아무것도 모르는 사람을, 보는 순간부터 좋아할 수 있을까?

상식적으로는 불가능한 일이다.

예전의 마야였다면 고민할 필요도 없는 문제였다.

하지만 공손천기를 처음 보았을 때부터 느꼈던 묘한 울렁거림.

그것이 무엇을 말하는지 이제는 어렴풋이나마 짐작이 가기 시작했다.

'하지만······.'

그래서 더더욱 곤란했다.

마야는 야율소하가 아파하는 모습을 다시는 보고 싶지 않았던 것이다.

이미 가족을 잃었고, 가지고 있던 직위와 재산까지 모두 잃어버린 야율소하였다. 그녀 곁에는 이제 자신밖에 남지 않았다.

"저는 교주님에게 아무런 감정이 없습니다. 주인님."

무덤덤하고 높낮이가 없는 말투.

마야 특유의 사무적인 말투에 야율소하는 진지한 얼굴로 되물었다.

"정말이야?"

"네."

"진짜로 교주님한테는 별 감정 없어?"

"물론입니다, 주인님."

하지만 야율소하는 의심스러운 눈빛을 풀지 않았다.

믿기 어려웠던 것이다.

마야와 공손천기가 눈을 마주치는 것을 몇 번이고 본 적이 있으니까.

예전에는 그게 무슨 의미인지 몰랐는데 지금은 굉장히 의심스러웠다.

'여자의 육감이야.'

야율소하가 그렇게 생각하는 동안에도 마야는 조금의 흔들림도 없이 야율소하를 바라보았다.

이것은 마야에게 단순히 공손천기를 좋아하냐 아니냐의 질문이 아니었다.

공손천기와 야율소하 둘 중에서 누가 더 소중하냐고 묻는 것이다.

그렇다면 이것의 정답은 아주 쉬웠다.

'저는 주인님이 이 세상에서 제일 소중합니다.'

야율소하는 마야에게 있어서 생명의 은인이었다.

사막에서 죽어 가던 그녀를 구해서 살려준 것도 그녀였고, 거두어서 옆에 두고 보살펴 준 것도 야율소하였다.

무엇으로도 갚을 수 없는 은혜를 입은 것이다.

그 흔들림 없는 생각이 전해졌음일까?

마야를 바라보던 야율소하의 표정이 차츰 밝아졌다.

"미안, 내가 오해했나 봐."

야율소하는 슬금슬금 마야에게 다가가 그녀의 품에 안겼다. 마야는 그런 야율소하를 마주 안으며 가볍게 한숨을 내쉬었다.

역시 이 안정감은 다른 무엇과도 바꿀 수 없었던 것이다.

둘의 그런 모습을 가만히 지켜보고 있던 공손천기는 피식 웃었다.

"보기 좋은 모습이다."

이건 아무런 꾸밈이나 가식이 없는 공손천기의 솔직한 속마음이었다. 한데 그 말을 들은 야율소하가 갑자기 뱁새 눈을 뜨고 공손천기를 노려보았다.

"왜 사람 오해하게 만들어, 교주님?"

"오해? 무슨 오해?"

공손천기가 고개를 갸웃거리자 야율소하는 시치미 떼지 말라는 표정으로 입을 열었다.

"교주님이 자꾸 우리 마야를 이상한 시선으로 바라보니까 내가 오해했잖아."

공손천기는 야율소하의 투정에 피식 웃었다.

그리고 팔짱을 낀 채 마차 창밖을 응시하며 작게 말했다.

"이상한 시선이라……."

"그래. 되게 오해할 만한 눈빛이라고, 그런 건. 누가 보면 마야한테 관심 있는 것처럼 보이잖아."

야율소하가 계속 항의하자 공손천기는 고개를 돌려 마야를 바라보며 장난스럽게 말했다.

"그건 오해가 아니라 정확하게 본 거다. 너 눈치가 제법 빠른데?"

"……!"

"그나저나 불청객이 왔으니 다음 이야기는 나중에 해야겠네."

콰아앙—!

엄청난 흔들림과 함께 마차 천장이 한순간에 둘로 쪼개졌다.

야율소하가 비명을 지르며 마야의 품에 고개를 파묻었고, 공손천기는 찌푸린 안색으로 위를 바라보았다.

"바보 같은 놈들……."

이건 너무도 뻔한 유인 작전이었다.

돌머리가 아닌 이상 눈치채야 정상이었다.

인상을 쓰면서 고개를 휙 돌리자 때마침 천장을 부순 늙은 도사가 검을 찔러 왔다.

팅—!

공손천기는 손가락을 튕겨서 늙은 도사의 검을 튕겨 버리고 시우를 보며 얼굴을 찡그렸다.

그렇게 마차가 사방에서 난도질당하는 사이, 그 혼란스러운 와중에 마야를 향해 젊은 도사가 검을 찔러 넣고 있었다.

'감히……'

그것을 본 공손천기는 자신도 모르게 주먹에 힘을 실었다.

뻐억—

잔뜩 압축된 공기가 마야의 어깨를 지나서 뒤편에 있던 화산파 도사의 몸뚱이를 짓뭉개 버렸다.

화산파 도사를 주먹 한 방에 핏물로 만들어 버리고 공손천기는 자신의 손을 펴 보였다.

'왜 방금 이렇게 과할 정도로 힘을 쓴 거지?'

평소의 그라면 그냥 손가락 하나 튕기는 것만으로도 죽이거나 행동 불능으로 만들 수 있었다. 충분히 가능했는데 조금 전에는 힘이 통제가 되지 않았다.

모두가 처참한 광경에 놀란 시선으로 바라보자 공손천기는 짐짓 태연하게 웃으며 말했다.

"나는 괜찮지만 내 손님을 건드리는 건 꽤 곤란해. 이쪽도 체면이 걸려 있어서."

그러다 우연히 마야의 흔들린 눈과 시선을 마주하는 순간 공손천기는 확신했다.

너무 놀라서였을까?

언뜻 마야의 속마음이 눈에서 드러났던 것이다.

그리고 그 감정은 공손천기의 마음을 충만하게 만들었다.

'아…… 진짜였나 보네.'

공손천기는 마야의 놀란 눈과 마주하는 순간 무언가 진실을 엿본 듯한 느낌이 들었다.

'큰일이네. 나는 아무래도 이 여자가 정말 좋은 모양이다.'

다른 사람들 눈에는 어떻게 보였을지 모르겠지만 공손천기는 처음부터 마야가 좋았다.

첫 만남부터 공손천기에게는 마야가 숨이 막힐 정도로 예뻐 보였고, 그것은 지금도 마찬가지다.

"게다가 이제는 꼭 들어야 할 말도 생겼거든."

공손천기는 마야의 옆을 스쳐 지나가며 미소 지었다.

마야의 진짜 속마음을 엿보았다는 사실이 공손천기를 꽤나 즐겁게 만들었다.

그래서일까?

공손천기는 본인도 모르게 굳이 하지 않아도 될 말을 내뱉었다.

"검게 염색한 머리도 잘 어울린다."

"……."

말을 내뱉는 순간 공손천기는 아차 했다.

그리고 그 어색함을 감추기 위해 몸을 날렸다.

적들을 적극적으로 덮쳐 간 것이다.

화경의 고수가 직접 움직이자 전황이 순식간에 바뀌기 시작했다.

퍼퍼퍼퍽—

"크아악!"

"커어억!"

검으로 막으면 검이 부러져 나갔고, 주먹이나 발차기도 소용이 없었다.

콰드득—!

공손천기의 몸에 닿는 순간, 그게 무엇이 되었건 부러지거나 터져 나갔던 것이다.

그리고 그것은 시우도 마찬가지였다.

'주군께서 꽤나 부끄러워하고 계시는데?'

시우는 마차 안의 상황을 정확하게 모른다.

하지만 지금 공손천기의 심정은 정확하게 짐작이 되었다.

평소의 공손천기답지 않았으니까.

'뭔가가 있긴 있었구나.'

그게 뭘까?

고개를 갸웃거리던 시우는 공손천기가 노려보는 시선을 느끼고 빠르게 고개를 돌렸다.

'이크! 괜히 불똥 튀겠다.'

궁금증이 치밀어 올랐지만 지금은 그런 것을 물어볼 만한 상황이 아니었다.

콰직―!

"컥!"

개방 거지의 정수리를 밟아 뭉개며 바닥에 내려선 시우는 호흡을 멈추고 양손을 가슴 부근에 짧게 모았다가 사방으로 펼쳤다.

콰아아아―!

그 동작 자체는 별것 없어 보였지만 그 결과물은 무시무시했다. 그의 양손을 따라 막대한 기의 파도가 퍼져 나간 것이다.

사방을 휩쓸고 간 격공장에 개방의 거지들이 속수무책으로 쓰러질 때, 시우는 순간 께름칙한 기분이 들었다.

'뭐지?'

뭘 놓친 걸까?

뭔가 놓치고 있는 기분이 강하게 들었다.

그렇게 찜찜한 표정으로 고개를 뒤로 돌린 순간 시우의 눈에는 보였다.

자혁이 화산파의 고수들의 합공에 무너지는 모습이.

화산파가 천하에 자랑하는 매화검진.

대략 스무 명의 고수가 펼치는 그 희대의 절진에 갇혀서 속수무책으로 무너지고 있는 자혁의 모습이 보인 것이다.

그 모습이 눈에 보인 순간 시우는 가슴속에서 무언가 울컥했다. 그는 정면을 막아서는 거지들을 손으로 붙잡아 닥치는 대로 화산파의 고수들에게 집어 던졌다.

"끄아아아!"

"으아악! 사람 살려!"

거지들은 허공에서 버둥거리며 움직여 보려 했지만 시우가 내공을 사용해서 집어 던졌기 때문에 아무 소용이 없었다.

퍽—!

"크헥!"

"우어억!"

순식간에 열 명 정도를 자혁을 포위하고 있던 화산파의 고수들에게 집어 던진 다음 시우가 달려왔다. 화산파의 고수들은 거지들을 피하느라 일순간 자혁을 공격하지 못하고 있었다.

그사이 도착한 시우는 바닥에 피투성이가 된 채 주저앉아 있는 자혁을 보며 얼굴을 찡그렸다.

"……뭐냐, 너? 이렇게 한심한 모습을 보여 주려고 여기까지 날 찾아온 거냐?"

"……."

자혁은 초점이 풀린 동공으로 정면을 보았다.

곤란하게도 시야가 잘 보이지 않았다.

호흡은 끊어질 듯 얇았고, 정신은 꿈속을 걷는 것처럼 흐릿했다.

오로지 시우의 목소리만 멀리서 부르는 것처럼 귓가에 와서 박혔다.

"시우……."

"꼴좋다. 아주 보기 좋은 모습이다. 훌륭하네. 그러게 마음을 곱게 써야지."

시우가 그렇게 비아냥거리다가 갑작스럽게 억센 손아귀로 자혁의 멱살을 잡아 올리며 낮게 으르렁거렸다.

"죽은 척하지 마. 고작 여기서 이렇게 죽으려고 우리가 그렇게 개고생을 한 건 아니잖아?"

그랬다.

그들이 흑사자가 되려고 얼마나 많은 고생을 했던가.

그 지옥 같은 시간을 건너서 겨우 이곳까지 왔는데 여기서 이렇게 허망하게 죽을 수 없었다.

'하지만······.'

이상하게도 자혁은 이제 편안하게 쉬고 싶은 마음이 컸다.

시우에게 가지고 있던 복수심이 옅어졌기 때문일까?

그에게 자운에 관한 이야기를 들었을 때부터 자혁의 머릿속은 혼란 그 자체였다.

'내가 모르던 형의 모습······.'

자운이 시우와 비슷할 정도의 실력자라니 헛웃음만 나왔다.

늘 약하게만 보았던 형이 그 정도의 실력을 숨기고 있었고 시우와 정당한 비무에서 죽었다고 하니, 자혁은 복수만을 위해 달려왔던 지난 시간들이 허망하게만 느껴졌다.

"죽지 말라고!"

시우가 외쳤지만 자혁은 눈을 감았다.

어차피 뜨고 있어도 주변 사물이 보이지 않았으니 감아도 상관없을 것이다.

몸에서 힘이 빠지고 무기를 들고 있는 손에서도 차츰 기운이 빠져 갔다.

쉬고 싶었다.

이대로 힘을 풀면 편해질 것만 같았다.

그때.

퍽—

무언가가 자혁의 복부에 와서 박혔다.

"커헉!"

일순간 눈앞이 환해지며 엄청난 고통이 찾아왔다.

시우가 내력을 담은 주먹을 자혁의 단전에 날려 버린 것이다.

단전이 일순간 부서질 법한 고통에 자혁이 전신을 부들부들 떨며 고통스러워할 때, 그를 집어다가 이제 형체만 겨우 남은 마차에 집어 던지며 시우가 말했다.

"그렇게 꼴사납게 죽지 마라. 시간이 오래 돼서 잊어버린 모양인데…… 적어도 흑사자라면 자기가 죽을 장소 정도는 본인이 정할 줄 알아야 한다는 말, 기억 안 나?"

자혁은 고통에 몸부림치다가 시우의 말에 피를 토해 내며 고개를 들었다. 그러자 이번에는 조금 뚜렷하게 주변 광경이 눈에 들어왔다.

"지옥마제. 전 교주님께서 해 주신 말씀이시지. 과연 네가 죽을 장소가 여기였고, 널 죽일 놈들이 저놈들이었냐?"

시우는 화산파의 고수들을 노려보며 말했다.

확실히 이놈들은 고수들이었다.

절정 고수들 중에서도 최상위에 속한 고수들이 자혁을 덮친 것이다.

본래 공손천기를 상대하기 위해 조직되었던 고수들이 전혀 엉뚱한 사람을 덮친 꼴이다.

'아무리 그래도 죽으면 곤란하지.'

일대일로 붙었다면 당연히 자혁이 몽땅 이겼을 것이다.

하지만 상대방은 숫자의 우위를 잘 이용할 줄 알았다.

게다가 자혁은 시우를 만나고 무언가 나사가 빠진 것처럼 삶의 이유에 대해서 생각하고 있던 찰나였다.

그런 와중이었으니 전력을 발휘하기엔 무리였을지도 모른다.

"아무튼 다 죽어 줘야겠어."

화산파의 고수들은 시우의 말에 긴장한 얼굴로 검을 들어 올렸다.

그들도 이제야 알아챈 것이다.

시우가 어느 정도 수준에 다다른 고수인지.

'왜 경계하지 않았을까?'

그들의 눈에도 시우의 경지가 뚜렷하게 잡히지 않는다는 것은 그가 이미 화경에 도달했다는 것을 의미했다. 그런데도 몰라봤던 이유는 아마 시우 특유의 기세 때문일 것이다.

느긋하고 여유로운 기세.

저놈은 마부석에 허점투성이로 아무렇게나 앉아 있었으니까.

'네가 아무리 화경의 고수라 하더라도 우리 모두를 상대하는 것은 쉽지 않을 거다.'

화경의 고수를 막을 수 있는 것은 같은 화경의 고수나 절정 고수들뿐이다.

'우리가 무리를 한다면 화경이 내뿜는 강기도 충분히 막아 낼 수 있다.'

절정에 이른 고수들이 심기일전해서 달려든다면 서른 명으로도 화경의 고수들 완벽하게 봉쇄할 수 있었다. 게다가 지금 이곳에 있는 화산파의 정예 고수들은 무려 이백 명이었다.

화산파에서도 작정하고 알짜배기 고수들만 끌고 온 것이다.

이 정도 숫자면 제아무리 화경의 고수라 하더라도 쉽사리 손을 쓸 수 없었다.

그게 그들의 생각이었고 틀린 말은 아니었다.

'단지……'

녀석들이 모르는 것이 있었다.

그리고 시우는 이제부터 그것을 가르쳐 줄 생각이었다.

그가 히죽 웃으며 몸을 움직였다.

그리고 시우가 다시 나타난 곳은 화산파 고수들을 지나쳐서 뒤편에 있는 개방의 고수들 사이였다.

'어? 대체 언제?'

자혁을 덮쳤던 화산파의 고수들.

그들 스무 명은 일제히 몸을 뒤집으며 놀란 얼굴을 해 보였다.

등에서 식은땀이 주르륵 흘렀다.

'보지 못했다.'

전광석화라는 말이 있다.

말 그대로 번개처럼 빠르다는 뜻이다.

그들이 당황한 얼굴을 할 때 시우가 그들을 무시하고 개방의 거지들을 향해 다가가며 입을 열었다.

"살아 있는 척 착각하지 마십쇼."

"……?"

뒤에 있던 화산파의 고수들.

그들이 어리둥절해하는데 시우가 손을 허공에 가볍게 털었다.

그러자 작은 핏방울이 손끝에서 흩어져 내렸다.

동시에 화산파 고수들의 목에 얇은 실선들이 생겨났다.

푸아악—!

화산파의 고수들 스무 명.

자혁을 포위한 채 공격했던 그들의 목이 잘리며 피분수가 솟구쳤다.

마야와 야율소하가 경악한 눈으로 지켜보는 가운데 시우가 중얼거렸다.

"무리하고 싶지 않았는데 그렇게 만드네."

개방의 고수들을 노려보는 시우의 얼굴에서는 어느새 평소의 웃음기가 완전히 사라져 있었다.

진지하게 사는 것은 싫었다.

높은 자리에 앉아 무겁게 무게 잡는 것은 더더욱 싫었다.

모든 것은 가볍고 즐거워야만 했다.

무언가를 책임지고 싶지도 않았고, 그렇다고 해서 누군가에게 휘둘리고 싶지도 않았다.

언제나 모든 것에 적당히, 너무 가깝지도 멀지도 않은 거리를 두고 살고 싶었다.

그것이 시우가 추구하는 삶의 방식이다.

그런 확고한 생각을 지니고 있던 시우였기에 항상 그의 얼굴에는 웃음기가 떠올라 있었다. 무슨 일이 벌어져도 언제나 거리를 두고 생각할 수 있었으니까.

본인이 어떤 절체절명의 위기에 빠지거나 심각한 부상을 당해도 마찬가지였다.

'그랬는데…….'

지금 시우의 얼굴에서는 완전하게 웃음기가 사라져 버렸다. 그리고 시우는 적들을 바라보고 크게 숨 고르기를 하며 기운을 모으고 있었다.

'난 지금 화가 난 건가?'

아니라고 부정하고 싶었지만 아무래도 이건 부정하기 어려웠다.

살면서 지금처럼 기분이 거칠어진 적도 드물었으니까.

'자혁이 죽어 가는 게 내가 이렇게까지 화를 낼 이유가 되는 거야?'

시우 본인도 지금의 이 격렬한 감정 변화는 잘 이해가 되지 않았다.

하지만 한 가지 확실한 것이 있었다.

어쨌든 지금 그가 '몹시' 화가 났다는 것이다.

시우는 단지 마음속에서 꿈틀대는 이 울화 덩어리를 바깥으로 꺼내고 싶었다.

순수한 폭력.

그것으로 모든 것을 끝내 버리고 싶어진 것이다.

후우―

가슴속에 답답하게 쌓여 있던 감정들을 길게 토해 낸 후 시우는 정면을 노려보았다.

이 분노의 정체를 이제야 알아챈 것이다.

'욕구불만이구나.'

그랬다.

이건 욕구불만이었다.

그러니 더 이상 화가 나는 이유를 찾거나 명분을 생각할 필요가 없었다. 욕구불만은 그 욕구를 해소해야 풀리는 법이다.

'그냥 다 죽이자.'

시우가 그렇게 마음먹은 순간 그를 향해 수십 개의 검날이 쏟아져들어 갔다.

화산파의 고수들이 그를 먼저 덮친 것이다.

쏴아아아—!

하늘에서 비처럼 쏟아지는 검기의 그물.

화산파의 고수들이 시우를 상대로 전력을 다하기 시작한 것이다.

그 살벌한 공격을 보면서 시우는 손을 들어 올렸다. 그러자 그의 손끝에서 얇은 실이 줄기줄기 뽑혀 나왔다.

강기로 명주실처럼 얇은 실을 뽑아 낸 것이다.

무엇에도 끊어지지 않는 강기의 선.

츄릿—

그것을 허공에 연주하듯 퉁겨 내며 시우는 빠르게 움직였다.

쿠콰콰콰—!

엄청난 기의 폭풍이 몰아치는 와중에 시우가 춤을 추듯

움직이며 주변을 도륙하고 있었다. 피 분수가 치솟아 올랐고, 검날이 부러져 날아 다녔다.

시우는 무아지경에 이른 상태로 수없이 많은 적들을 학살하고 있었다.

그 모습을 지켜보던 공손천기는 피식 웃어 버렸다.

'건방진 녀석이네. 껍질을 깨고 나와서 기어 다닌 지 얼마나 지났다고 벌써부터 하늘을 날려고 해?'

시우가 하나의 관문을 돌파하려는 것이 공손천기의 눈에는 훤하게 보였다.

화경이라는 경지에 들어서는 순간부터 모두가 초인이 된다. 하지만 화경이라도 그들이 전부 같은 수준이라는 것은 아니다. 같은 화경의 고수라도 분명한 상하 관계가 존재했으니까.

'보여 봐라, 시우.'

아직은 시우의 움직임이 자연스럽지 않았다.

무언가가 그의 힘을 억누르고 있는 것 같았다.

아마 시우 본인 역시 그 사실을 느끼고 있을 것이다.

쿠콰콰쾅—!

"크헉!"

"컥!"

고통스러운 신음 소리와 함께 갑자기 공손천기 주변에

있던 개방의 거지들이 입에서 피를 토하며 사방으로 볼썽사납게 날아가 처박혔다.

그들 대부분이 죽거나 심각한 내상으로 움직이지 못했다.

단 일격으로 개방의 거지들을 제압한 다음 공손천기는 흥미진진한 표정을 한 채 근처 바위에 올라가 자리를 잡았다.

궁금했던 것이다.

시우가 과연 어떤 방식으로 깨달음을 손에 넣게 될지 알고 싶었다.

그때.

갑자기 시우가 모든 동작을 멈추고 제자리에서 덜컥 굳어 버렸다. 그리고 그는 자신의 손에서 뿜어져 나갔던 강기의 실들을 멍한 시선으로 보다가 갑자기 몽땅 회수했다.

화산파 고수들이 눈을 반짝인 것은 바로 그 순간이었다.

'지금이다.'

사실 시우가 뿜어낸 강기의 실은 상대하기가 무척이나 까다로웠다.

같은 강기가 아닌 이상 힘으로 그것을 끊어 버릴 수가 없었기 때문이다. 검기로 쳐 봐야 끊어지지 않고 휘어져 버리거나 흐느적거릴 뿐이었다.

그나마 다행인 것은 강기의 실에 강력한 힘은 부족했다

는 것이었다. 대비만 한다면 검기로도 얼마든지 막아낼 수 있었으니까.

'빈틈이다.'

'이걸 놓쳐서는 안 돼.'

화산파의 고수들은 서로를 바라보며 눈짓했다. 그리고 일제히 검기를 뿜어내며 시우를 향해 돌진해들어 갔다. 위협적이던 강기의 실이 없으니 지금처럼 좋은 기회가 없었던 것이다.

사방에서 쇄도해들어 가는 화산파 고수들을 보며 공손천기는 혀로 입술을 핥았다.

'이건 함정이다.'

화산파의 도사들도 아마 어렴풋이 느꼈을 것이다.

압도적으로 유리하던 시우가 갑자기 움직임을 멈춘 건 무언가를 노리고 있기 때문이라는 것을.

하지만 화산파의 도사들에게는 선택의 여지가 없었다.

지금처럼 좋은 기회를 두 눈 멀쩡히 뜨고 놓칠 수는 없었을 테니까.

'강선(罡線)은 확실히 대량 학살에 좋긴 하지만…… 진짜 고수를 상대하기엔 부족하지.'

시우가 사용한 강기의 실타래는 적은 힘으로 하수들을 학살하기에 좋은 방식이었다.

빠르고 날카로우니까.

하지만 무게감이 적기 때문에 강력한 힘을 집중하기는 어려웠다.

그리고 힘이 실리지 않은 공격에 당할 만큼 화산파의 도사들은 하수가 아니었다.

그들이 비록 화경의 고수는 아니지만 강선을 막아 낼 만큼의 실력은 충분히 있었던 것이다.

'짧은 시간 동안 그것을 극복할 만한 무언가를 얻었다면…….'

그건 분명 심상치 않은 깨달음일 것이다.

공손천기는 자신에게 계속해서 덤벼드는 개방 거지들을 한 손으로 쳐 내며 시우에게서 시선을 돌리지 않았다.

이제 곧 무언가 재미있는 일이 벌어질 것임을 직감적으로 알았기 때문이다.

'뭘 숨기고 있는 거냐.'

공손천기가 시우를 바라보며 미소 지을 때 시우 역시 입꼬리를 서서히 말아 올렸다. 그리고 지척까지 접근한 화산파의 고수들을 보며 손을 휘저었다.

그러자 아까 전과 똑같은 강기의 실타래가 풀어져 나갔다.

'어리석구나.'

화산파 도사 중 한 명인 운요는 자신을 향해 일직선으로 덮쳐 오는 강기의 실타래를 아래로 떨구기 위해 검을 내려쳤다.

'두 번은 안 통한다.'

이렇게 같은 방식의 공격은 그와 같은 고수에게는 무의미했다.

충분히 경계하고 있으니까.

그렇게 생각하고 검을 휘둘렀는데 그것이 실수였다.

쾅—!

손아귀가 찢겨 나가며 검신이 중간부터 부러졌다.

조금 전과는 전혀 다른 파괴력.

'이건……'

운요가 놀란 눈을 부릅떴을 때.

실타래 끝 부분에 조금 전까지는 없었던 구슬과 같은 강기의 방울이 맺혀 있는 게 보였다.

그리고 그것이 운요가 본 이 세상의 마지막 광경이 되었다.

콰콰쾅—!

덮쳐들어 갔던 화산파의 고수들이 일제히 튕겨져 나가고 사방에서 피가 분수처럼 솟구쳤다.

"커억!"

"크어헉!"

시우에게 가까이 접근했던 화산파의 고수들은 일격에 전원 사망.

전부 다 이마에 콩알만 한 구멍이 생긴 채 즉사했다.

그리고 바로 그 뒤를 쫓아서 덮쳐 가던 도사들 역시 동료들의 시체 때문에 움직임에 방해를 받아 시우의 공격을 피하지 못했다.

대다수가 죽거나 치명상을 입었던 것이다.

지켜보고 있던 공손천기는 제법 감탄한 얼굴을 해 보였다.

'강선이 날카롭긴 하지만 무게감이 없어서 힘이 실리지 않으니까 끝 부분에 구(球)를 만들었다?'

끝 부분에 힘이 집중되니 전과는 비교할 수 없을 만큼 파괴력이 실렸을 것이다. 거기에 더해서 화산파의 도사들이 아까와 같은 방식의 공격이라 착각하고 방심한 것이 치명타였다.

"음흉한 놈."

이번 공격으로 단번에 마흔 명이 넘는 인원을 전투 불능 상태로 만들었다.

극도로 절제된, 효율적인 도살인 것이다.

공손천기가 시우를 보면서 고개를 끄덕이는 사이에도 시

우는 멈추지 않고 움직였다. 그는 곧바로 아직 사태 파악이 제대로 되어 있지 않은 화산파의 고수들을 덮쳤다.

그사이 공손천기 역시 수라환경을 끌어올려서 개방의 거지들을 학살해 버렸다.

콰아아앙―!

"으아악!"

"괴, 괴물!"

천하에서 가장 강력한 주먹질.

패력수라권이 작렬하자 수많은 거지들이 한순간에 짓뭉개져서 죽어 버렸다.

하지만 그 모습을 보면서 공손천기는 입맛을 다셨다.

뭔가 못마땅한 것이다.

'효율이라……'

천마신교 무공의 대다수는 효율보다 '파괴력'에 집중되어 있었다. 조금이라도 더 강력한 파괴력을 내기 위해 내공을 운용하는 것이다.

수라환경은 그런 천마신교 모든 무공들의 정점이었다.

최고, 최강의 파괴력을 내기 위해 내공을 아낌없이 쏟아붓는 무공이 바로 수라환경이다.

하지만 시우의 움직임을 보고 공손천기 역시 느끼는 바가 있었다.

'힘의 낭비가 너무 많아.'

물론 지금의 수라환경 역시 강력하고 무적을 자랑했지만, 쓸데없는 힘의 낭비는 되도록 줄여야 했다.

소 잡는 칼로 닭을 잡는 것은 낭비가 분명하니까.

공손천기는 지금까지 크게 염두에 두지 않았던 효율적인 운용법을 생각하게 되었다.

그리고 그것은 금방 효과가 나타났다.

머릿속에 있던 수라환경의 초식들을 단번에 획기적으로 줄여 버린 것이다. 공손천기의 머릿속에서 수라환경은 빠르게 갈고닦아졌다.

물론 그것들의 실험 대상은 살아남은 개방의 거지들과 정도맹의 잔당들이었다.

공손천기는 그렇게 사방에 넘쳐나는 실험 대상들을 향해 아낌없이 무공을 퍼부어 댔다.

그 모습을 힐긋 본 시우는 질린 얼굴로 고개를 돌렸다.

'역시 주군…… 좋은 건 금방도 가져가시네…….'

시우가 십수 년에 걸쳐 고민에 고민을 거듭해서 겨우 도달한 결과물을 공손천기는 너무도 쉽게 자신에게 맞는 방식으로 응용해 버리고 있었다.

그것도 수준이 훨씬 높았다.

어느 정도 예상은 하고 있었지만 저 엄청난 흡수력에 이제는 화가 나기보다는 감탄만 터져 나왔다.

그렇게 잠깐의 여유를 가졌기 때문일까?

갑자기 시우를 상대하던 화산파 고수들의 움직임이 일순간 크게 변했다.

'어?'

백 명에 달하는 화산파 고수들이 마치 한 덩어리처럼 체계적으로 움직이기 시작한 것이다.

화산파가 천하에 자랑하는 진법이 바로 매화검진이다.

그리고 그것을 대규모의 인원이 펼칠 수 있게 만든 화산파 최강의 진법이 하나 더 있었으니…….

'이게 바로 그 말로만 듣던 만화천검진(萬花天劍陣)이구나.'

시우는 바짝 긴장한 얼굴을 해 보였다.

천하제일진법이라는 소림의 백팔나한진에 대적할 수 있다는 화산파 최강의 진법이었으니까.

'완성되기 전에 부숴야 한다.'

안 그러면 꼼짝 없이 죽을 수밖에 없었다.

저것은 그만큼 가공할 진법인 것이다.

그래도 다행히 아직은 빈틈이 있었다.

백 명이라는 인원이 완벽하게 하나가 되기에는 시간이 부족했다.

시우가 살아날 수 있는 유일한 출구는 바로 거기에 있었다.

'부서져라.'

후우웅—!

시우는 손가락 끝에서 뿜어져 나오는 실타래를 한 줄기로 뭉쳐서 밧줄처럼 만들어 허공에 빙빙 돌렸다. 그러다 어느 순간 그것을 정면으로 휘둘렀다.

콰아아아—

바람을 가르는 섬뜩한 소리와 함께 사선으로 뻗어져 나가는 강기의 밧줄.

그 노골적인 공격을 지켜보던 화산파 홍엽 진인의 얼굴이 딱딱하게 굳어 버렸다.

'실로 교활하구나.'

홍엽 진인은 완성 직전의 진법을 보며 내심 탄식을 터트려야만 했다.

저 영악한 놈은 지금 홍엽 진인에게 선택을 강요하고 있었던 것이다.

'저것을 피하지 않으면 엄청난 수의 제자들이 죽어 나갈 것이다…….'

반대로 피해 버리면 많은 제자들의 목숨은 살릴 수 있었다.

대신 진법의 완성은 그만큼 늦어지게 될 터.

홍엽 진인은 눈을 질끈 감고 이를 악물었다.

'어차피 아무 피해 없이 녀석을 죽일 수 있는 방법은 없다.'

게다가 아직 진짜 목표물인 교주가 멀쩡히 살아 있었다.

개방의 제자들과 점창과 아미파, 청성파가 분발하고 있었지만 역부족이었다.

'이놈을 최대한 빨리 죽여야만 한다.'

다소 희생이 따르더라도 진법을 완성시켜야만 했다.

그래서 홍엽 진인은 자신만 바라보고 있는 화산파 도사들에게 위치를 지키라고 '명령' 했다.

'미안하구나……'

감았던 눈을 뜨고 제자들의 얼굴을 보자 그들의 눈동자에 공포가 떠오르는 것이 홍엽 진인의 망막에 새겨졌다. 그들은 이제 자신들을 덮쳐 오는 강기의 밧줄을 뻔히 보면서도 피할 수가 없었던 것이다.

'미안하다……'

홍엽 진인의 얼굴에 진한 괴로움이 떠오를 무렵.

화산파 제자들은 겁에 질려 있으면서도 각자 검을 들어 강기의 밧줄을 향해 뻗었다.

모두가 살아남기 위해 최후의 힘을 쥐어짜 내는 것이다.

필생의 일격.

하지만 그것도 화경의 고수가 작정하고 뻗어 낸 강기 앞에서는 무용지물이었다.

쾌직— 콰드드득—!

"끄륵……."

"끄아아!"

홍엽 진인은 눈을 돌리지 않고 제자들의 죽음을 하나하나 마주 보았다.

격돌 순간, 팔다리가 무참하게 부러지고 꺾인 채 죽어 나가는 제자들을 보면서 그들의 고통과 공포를 홍엽 진인 역시 함께 느꼈던 것이다.

그의 온화하고 인자하던 두 눈에 붉은 핏줄이 드러났다.

'네놈은 반드시 죽이겠다.'

이제는 교주보다 저 교활하고 사악한 놈이 우선이었다.

본래의 목표를 수정한 것이다.

홍엽 진인은 손을 들어 올렸다가 내렸다.

그러자 죽어 나간 제자들의 빈자리가 순식간에 메꿔지며 사방에서 기운들이 일어나 시우의 전신을 옥죄어 왔다.

만화천검진이 완성된 것이다.

그 내부에 갇혀 있는 이상 저놈이 살아서 나갈 방법 따위는 아예 없었다.

그가 막 거기까지 생각했을 무렵, 시우는 강기를 거두고 뒷머리를 긁적였다. 피할 거라고 예상했는데 끝내 피하지 않고 죽음을 맞이한 화산파 제자들의 독기에 질린 것이다.

시우는 홍엽 진인 쪽을 바라보며 말했다.

"이거…… 제가 졌습니다. 판단을 잘못했네요. 살려주시면 안 되겠습니까?"

"……이…… 이노옴!"

홍엽 진인은 시우의 뻔뻔한 부탁에 순간 이성을 잃을 뻔했다. 가까스로 정신을 붙잡은 그가 붉게 변한 눈으로 소리쳤다

"항복하면 이곳에서 살아나갈 수 있을 줄 알았느냐? 제자들의 죽음을 네놈의 알량한 사과 따위와 바꿀 수 있을 줄 알았느냐?"

홍엽 진인이 불같이 화를 내자 시우는 약간 애매모호한 표정을 지어 보였다.

그때 홍엽 진인의 바로 뒤쪽에서 누군가의 장난스러운 음성이 들렸다.

"저놈은 나에게 한 말인데 그걸 멋대로 착각하면 곤란하지, 영감."

"……!"

그 음성의 주인이 누구인지 깨닫는 순간 홍엽 진인은 전

신에 소름이 끼쳤다.

공손천기.

마교의 교주가 온 것이다.

홍엽 진인의 얼굴이 새하얗게 변했다.

第七章
지옥마제의 예언

　마야의 손을 붙잡고 있던 야율소하는 처음의 혼란스러움
이 가라앉자 서서히 복잡한 마음이 들었다.

　'교주는 마야를 마음에 들어 해.'

　그게 단순한 호감이라면 야율소하도 크게 신경 쓰지 않
았을 것이다. 하지만 이건 그런 종류의 호감이 아니었다.

　야율소하는 여자의 육감이 보내는 강한 경고를 무시하지
않았다.

　그녀는 아랫입술을 깨물고 천천히 주변을 살피기 시작했
다. 그러다 마야와 똑같이 생긴 여자가 눈에 들어왔다. 그
녀는 아까부터 입 속의 무언가를 우물거리며 다 부서진 마

차의 의자에 앉아 공손천기만 지그시 바라보고 있었다.

'게다가 대체 이 여자는 뭐지?'

마야랑 쌍둥이처럼 닮았다는 것도 이상한데 이 엄청난 상황에서도 무언가를 먹고 있다니……

무신경함의 극치가 아닐까?

야율소하가 복잡한 표정으로 그녀를 지켜보고 있을 때.

갑자기 가짜 마야가 고개를 홱 돌려 야율소하를 응시하며 말했다.

"너도 배고파?"

야율소하는 갑작스럽게 말을 걸어오는 가짜 마야에게 화들짝 놀라며 고개를 저었다. 그러자 가짜 마야는 고개를 갸웃거리다가 배시시 웃었다.

그 후 마차 주변으로 떨어지는 인간들의 신체 일부를 주워서 입으로 날름 가져가 우물거리기 시작했다.

오도독— 오도독—

야율소하의 얼굴이 새하얗게 변했다.

무엇을 먹는 건가 싶었는데 저런 걸 먹고 있었던 것이다.

그 순간 야율소하는 확신했다.

'인간이 아니었구나!'

인간이면 도저히 할 수 없는 짓이었으니까.

질린 얼굴로 진짜 마야의 품에 파고들던 야율소하는 공

손천기가 홍엽 진인의 뒤에서 나타나며 악동처럼 웃는 모습을 발견했다.

'공손천기…….'

처음에는 단순하게 저 남자를 꼬셔서 인생 역전을 할 생각만 가득했던 야율소하였다.

교주는 가진 것이 많았고, 자신을 지켜 줄 만한 능력도 충분히 지닌 남자였으니까.

그런 어린아이처럼 단순한 논리였다.

하지만 이제는 아니었다.

'어떻게 해야 할까…….'

마음이 심란했다.

게다가 지금 가장 큰 문제는 교주의 마음이었다.

교주는 자신이 아닌 마야를 여자로서 마음에 들어 하고 있었다.

이건 확실했다.

그리고 그것은 야율소하에게 무척이나 괴로운 사실이었다.

'나는 어떻게 해야 하지?'

야율소하에게 마야는 이제 이 세상에 단 하나 남은 유일하게 기댈 수 있는 안식처였다. 그녀가 없으면 야율소하는 아마 더 이상 버틸 수 없을지도 모른다.

망가질 게 뻔한 것이다.

그러니 야율소하 입장에서는 그녀를 놓아줄 수 없었다.

'하지만……'

동시에 야율소하에게는 마야가 행복하기를 바라는 마음 도 있었다.

이 모순적인 감정에 야율소하는 혼란스러웠다.

그런 야율소하의 마음을 아는지 모르는지 진짜 마야는 특유의 무덤덤한 시선으로 정면을 응시하고 있었다.

'여긴 안전하다.'

그녀의 눈에는 보였다.

교주가 이 다 부서진 마차 주변에 세워 둔 두 명의 사람이.

엄청난 고수 두 명이 은밀하게 어둠 속에 숨어서 마야들 을 위험으로부터 지키고 있었다.

처음부터 전투에 전혀 참여하지 않았던 걸 보면 아마 교 주가 특별히 지시를 내린 게 분명했다.

어둠 속에서 마야를 비롯한 마차의 인원을 지키고 있는 두 사람은 과거 지옥마제의 흑사자였던 천각과 주철이었다.

마야의 짐작처럼 공손천기의 명령에 의해 마차를 지키고 있던 그들은 아까부터 인간의 신체 일부를 주워 먹고 있는 가짜 마야를 질린 눈으로 응시하고 있었다.

'그동안 특이한 사람을 많이 보았다 여겼지만 이건 정말 특이하군.'

공손천기를 따라다니게 된 후로 정말 신기한 경험을 많이 하게 되었다.

그들은 마차의 앞뒤에 서서 혹시나 접근하는 정도맹의 인원들을 완벽하게 '처리'하고 있었다. 그런데 문득 어떤 시선이 느껴져서 고개를 돌렸는데 마야라 불리는 여자가 그들을 바라보고 있는 게 아닌가.

'설마……'

단순한 우연이라고 생각했다.

그런데 눈이 마주치자 그녀가 감사의 눈짓을 해 보였다.

천각과 주철이 자신의 은신을 꿰뚫어본 마야를 보며 잠시 혼돈에 빠져 있을 무렵, 공손천기가 움직였다.

퍼억—

막 몸을 돌려서 그를 공격하려는 홍엽 진인의 이마에 손가락으로 작은 구멍을 뚫어 준 다음 화산파의 제자들을 덮쳐 간 것이다.

홍엽 진인은 죽는 그 순간까지 의문이었다.

'그 많은 개방의 제자들은 어떻게 하고?'

하나 죽기 직전에야 깨달았다.

그 많았던 개방의 제자들은 이미 공손천기에게 처리된 이후라는 사실을.

본래도 강력했는데 효율적인 움직임을 생각하게 된 공손

천기 앞에서 더 이상 많은 인원수는 아무런 이득이 되지 않았던 것이다.

콰득—!

"커헉!"

공손천기는 가볍게 움직여서 화산파 제자의 팔목 관절을 비틀어 옆으로 밀었다. 그러자 자연스럽게 옆에 있던 화산파 제자들의 움직임을 방해하게 되었고, 그 순간 공손천기가 뻗은 지풍에 세 명의 고수가 가슴에 구멍이 뚫려 즉사했다.

'악마⋯⋯.'

시우는 공손천기의 움직임을 보며 혀를 내둘렀다.

그동안의 공손천기가 수라환경의 압도적인 파괴력으로 상대방을 찍어 눌렀다면, 지금은 매우 유연하게 내력을 움직여서 최소한의 힘만으로 적들을 죽이고 있었다.

'전혀 지치지도 않으셨네.'

저런 방식으로 개방의 고수들을 죽여서일까?

공손천기는 전혀 지친 기색이 없었다.

저 상태라면 아마 사흘 밤낮을 싸워도 지치지 않을 것 같았다.

'억울하다!'

시우는 공손천기의 움직임이 자신보다 더 효율적이라는 사실에 은근히 분했다.

과거 화경의 경지에 이르기 직전에 냉무기가 보여 주었던 그 환상적인 움직임.

지금 공손천기의 동작은 그것만큼 깨끗하게 절제되어 있었다.

일절 힘의 낭비가 없는 움직임이었다.

"잘 보고 배워 둬라."

"……."

시우는 자신에게 작게 속삭이며 스쳐 지나가는 공손천기를 보며 썩은 표정을 해 보였다.

분명 자신을 통해 깨달은 움직임이면서 참 뻔뻔하기도 했다.

'천재들은 좋겠다.'

남들이 평생 노력해야 얻는 것을 저렇게 쉽게 얻으니까 이제는 화가 나지도 않았다.

시우가 쩝쩝거리며 입맛을 다시고 있을 때, 뒤에 있던 화산파의 제자가 검을 찔러 오는 게 느껴졌다.

은밀한 기습.

정파라면 절대로 하지 않을 뒤에서의 기습을 시도한 것이다.

비겁한 행동을 해야 할 만큼 상황이 다급했던 모양이다.

하지만 시우는 비겁한 면에서는 누구에게도 뒤지지 않는

남자였다.

그는 앞에 있던 화산파의 제자를 가볍게 제압한 후 뒤에서 은밀하게 검을 뻗어 오던 상대에게 집어 던졌다.

"허억!"

암습을 시도하던 화산파 제자는 찔러 가던 검을 다급하게 회수하며 허둥거렸다.

그사이 그에게 가까이 접근한 시우는 손가락을 튕겨 그의 가슴팍에 콩알만 한 구멍을 만들어 준 후 투덜거렸다.

'이 정도는 저도 합니다, 주군.'

아주 훌륭하게 효율적이었다.

시우가 그런 생각을 하고 있을 무렵 공손천기는 이미 순식간에 백 명에 가까운 화산파 제자들을 도륙하고 손을 털고 있었다.

"쉽지?"

"……."

"앞으로 조금만 더 정진하면 너도 나처럼 할 수 있을 거다."

"……."

시우는 공손천기의 응원을 들으며 양 볼을 푸들거렸다.

본래 자신에게 배운 것을 마치 자신이 가르쳐 준 것처럼 이야기하는 게 너무 얄미웠던 것이다.

하지만 어쩌겠는가?

누가 봐도 공손천기의 동작이 더욱 깔끔해 보이는 것을.

시우가 그렇게 속으로 분노를 참고 있을 때, 아미파와 청성파, 점창파를 상대하고 있던 마라천풍대 인원들이 돌아왔다.

"다 끝났군."

모두가 피투성이였다.

게다가 희생도 있었다.

마라천풍대의 피해는 전무했지만 천마신교에서 보내준 삼백 명의 인원들 중 대략 서른 명이 죽었던 것이다.

상대방에 비해 극히 적은 피해였지만 어찌 되었건 피해는 있었다.

공손천기는 죽은 천마신교 무사들의 시체를 묻어 주라고 지시한 후 고개를 돌려 시우를 보았다.

"마차를 수리해야겠지?"

"예, 주군."

"그 전에 저 앞에 길을 막고 있는 장애물들도 좀 치우고."

"알겠습니다, 주군."

시우는 군말하지 않고 앞으로 뛰어가 거대한 바위들과 나무들을 하나씩 집어서 저 멀리 길 옆으로 던져 버렸다.

그동안의 경험상 안 하겠다고 버텨 봐야 소용이 없다는

것을 알았던 것이다.

'그냥 내 팔자려니 해야지.'

어느 정도 포기해야 하는 부분을 정확하게 알게 된 시우였다.

그렇게 그가 실컷 원치 않는 힘자랑을 하고 있을 때 초위명이 공손천기에게 다가왔다.

"일이 아주 재미있게 되었다, 공손천기."

"뭐가?"

"파순이 아무래도 너희 집 앞마당 쪽으로 도망친 모양인데?"

초위명이 음양반을 들어서 보여 주자 공손천기는 그것을 유심히 살펴보다가 얼굴을 찡그렸다.

"그놈 대체 무슨 생각이지?"

음양반이 가리키는 방향과 거리를 생각해 보면 파순이 있는 곳이 대략 어디쯤인지 알 수 있었다.

그 위치는 확실하게 초위명의 말처럼 천마신교의 영역이었던 것이다.

"일단…… 가 보면 알겠지."

파순은 대체 무슨 꿍꿍이일까?

공손천기는 잠시 찝찝한 표정을 짓다가 마차에 앉아 있던 마야와 눈이 마주쳤다.

그러자 묘하게도 불쾌했던 마음이 한순간에 녹아서 없어져 버렸다.

오히려 기분이 무척이나 좋아졌다.

'사람 마음이라는 게 정말 간사하구나.'

단순히 저 여자와 눈이 마주쳤을 뿐인데 기분이 이렇게 좋아지다니?

스스로 생각해도 어이가 없을 지경이다.

그 순간 과거 지옥마제가 했던 말이 머릿속에 떠올랐다.

"여자란 참으로 요사스러운 생물이다. 가까이 하면 분명히 방해가 되지만 그렇다고 멀리 두기엔 너무나도 아까운 존재지."

그때는 그 말이 선뜻 이해가 되지 않았다.

방해가 된다면서 멀리할 수도 없다니?

역시 우리 사부는 바보인 모양이다.

공손천기의 눈에 떠오르는 선명한 생각을 읽었기에 지옥마제는 야릇하게 웃으며 말했다.

"지금이야 네놈이 그런 시건방진 표정을 하고 있겠지만 너도 어른이 되면 알게 될 거다. 꼬맹아. 그

리고 그걸 알게 되는 순간부터 네놈 역시 여자한테
마구 휘둘리게 되겠지. 크크크, 생각만 해도 통쾌하
구나."

공손천기는 스승님과는 다르게 절대 여자에게 휘둘리지
않을 거라고 다짐했다.

사부의 예언을 속으로 비웃었던 것이다.

하지만 불행히도 지옥마제의 예언은 정확했다.

그때 그의 말을 완벽하게 이해하는 순간이 와 버린 공손
천기였다.

그는 다 부서져 버린 마차 끝에 편하게 걸터앉으며 마야
에게 말했다.

"나는 너에게 묻고 싶은 게 있는데 우리 이야기나 좀 해
볼까?"

마야는 침착한 표정으로 고개를 끄덕였다.

품에 안겨 있는 야율소하를 더욱 꽉 껴안으며 마야는 공
손천기를 지그시 응시했다.

그렇게 둘 사이에 기묘한 긴장감이 흐르기 시작했다.

공손천기가 따라오라는 눈짓을 하며 자리에서 일어서는
그때, 야율소하가 마야의 팔을 잡은 채로 공손천기에게 손
을 뻗었다.

"나도 갈 거예요. 저도 이야기를 들을 권리 정도는 있으니까."

권리?

대체 무슨 권리를 말하는 걸까?

공손천기가 그걸 물으려다가 다시 입을 다물었다.

'썩 틀린 말은 아니군.'

마야는 이 오만방자한 여자에게 이상하게 집착하고 있었다.

주인으로 섬기며 극도로 조심스럽게 대하는 것이다.

그 자세한 이유야 공손천기로서도 알 수는 없었지만 그러려니 하고 넘어가기로 했다.

"좋아. 따라와."

어차피 저 여자가 있으나 마나 크게 달라지지 않는다.

공손천기와 마야, 그리고 야율소하는 잠시 혼란스러운 현장을 벗어나 조용한 곳으로 걸어가기 시작했다.

*   *   *

파카후는 콧노래를 흥얼거리며 걷고 있었다.

한 걸음 한 걸음 걸을 때마다 주변 풍경들이 순식간에 바뀌어 갔다.

축지법을 사용하는 것이다.

축지법은 한순간에 땅을 접어서 이동하는 것이기 때문에 엄청나게 빠른 속도로 움직일 수 있었다.

'아버지가 나한테서 도망을 쳤다?'

어떻게 자신의 계획을 눈치챈 것인지까지는 모르겠다.

하지만 어찌 되었건 파순이 그를 피해서 도망친 것은 파카후에게 있어서 무척이나 즐거운 일이었다.

'이거 토끼몰이를 하는 기분이네.'

느긋하게 아버지의 기척을 따라 움직이는데 어느 순간 완벽하게 기운이 끊겨 버렸다.

처음에는 당황했다.

현재는 파카후 역시 인간의 몸뚱이를 하고 있기에 완벽하게 파순을 찾아낼 방법이 없었던 것이다. 무언가 희뿌연 것이 그의 감각을 완벽하게 차단하고 있었다.

하지만 제자리에 우두커니 서 있던 파카후는 곧 미소 지었다.

'그렇다면 나도 방법이 있지.'

자신이 찾아내지 못한다면 찾아낼 수 있는 놈을 따라다니면 되는 법이다.

'공손천기라고 했던가…….'

그놈도 분명 아버지에게 볼일이 있는 놈이었다.

그리고 제법 재주가 있는 놈이기도 했다.

그놈은 아버지를 찾는 법을 반드시 알고 있을 것이다.

파카후는 눈을 감고 제자리에 주저앉았다.

그는 어떤 야트막한 언덕에서 천리안으로 공손천기를 주시하려던 중이었다.

'어서 아버지를 찾으러 가라.'

그런데 우연일까?

파카후가 앉아서 공손천기를 주시하고 있는 언덕, 그곳에 있는 나무는 과거 부처가 깨달음을 얻었다고 하는 보리수나무였다.

공교롭게도 파카후는 보리수나무 아래에서 정좌를 하고 조용히 공손천기를 관찰하고 있었다. 그리고 다행히도 공손천기가 파순을 향해 움직일 것처럼 이야기를 하자 파카후는 입가에 미소를 지었다.

'조금만 더 기다려, 아버지.'

파카후의 목적은 무척 단순했다.

파순은 본래부터 죽일 수가 없는 존재다.

완전체이자 태초의 마왕이니까.

'죽일 수는 없겠지만 산 채로 잡아먹을 수는 있겠지.'

파카후는 완전한 힘을 얻고 싶었다.

그는 파순의 몸에서 태어난 불안정한 존재였으니까.

그런 존재가 스스로를 만들어 준 부모를 잡아먹으려 드
는 것이다.

'이 얼마나 완벽한 계획인가!'

궁극적인 완벽함.

파순을 잡아먹는 순간 바로 그것이 완성될 것이다.

파카후는 설레는 마음으로 공손천기의 이동을 주시하고
있었다. 그러다 눈에 보이는 금발 머리의 가짜 마야를 바라
보며 얼굴을 찌푸렸다.

'기회가 된다면 저것도 같이 먹어 치워야겠군.'

저건 아무리 봐도 아버지의 몸뚱이가 분명했다.

어쩌다가 저렇게 몸뚱이만 따로 깨어나서 돌아다니고 있
는 건지는 모르겠지만, 결국 나중에는 저것도 한꺼번에 잡
아먹어야 할 것이다.

'조금만 더 있으면 나는 신이 될 수 있다.'

이건 무척이나 신나는 일이었다.

파카후는 그렇게, 장난감을 손에 쥔 어린아이처럼 흥분
한 얼굴로 보리수나무 아래에서 명상에 잠겨들어 갔다.

*　　　*　　　*

'이건 일방적인 학살이다.'

아미파에서 파견 나온 보타 신니는 우울한 얼굴로 뒤를 돌아보았다.

'겨우 열 명 남짓이란 말인가⋯⋯.'

이번에 공손천기를 죽이기 위해 아미파에서 보낸 인원은 삼백 명이 넘었다. 그중 대부분이 일류 고수들이었고, 절정 고수도 상당히 많았다.

그런데 지금 도주하고 있는 인원은 고작 열 명 정도.

실로 압도적인 힘의 격차였다.

'우리도 문제였지만 화산파는 정말 큰일이다.'

아미파와 점창파, 청성파는 도중에 일이 잘못되어 가고 있음을 깨닫고 늦게나마 발을 뺄 수 있었다.

문제는 화산파였다.

'전멸.'

화산파는 이번 일에 정말 많은 공을 들였다.

때문에 가장 많은 고수들을 동원했고, 심지어 화산파의 삼대검객 중 한 명이라 불리는 홍엽 진인까지 보냈다. 일의 중요도를 감안해서 정말 가능한 전력을 모두 보낸 것이다.

그런데 단 한 명도 살아서 도망치지 못했다.

'아무리 마교의 정예라고는 하지만 설마 이 정도까지 격차가 있었다는 말인가?'

보타 신니는 입술을 깨물며 속으로 끊임없이 불호를 외

었다.

그들이 이런 막대한 피해를 입었으면 상대 역시 어느 정도 치명적인 피해를 입었어야 했다. 하지만 마교는 그 피해가 실로 미미했다.

기껏해야 오십 명 내외가 다치거나 죽었을 뿐이었다.

'괴물들⋯⋯.'

보타 신니는 혼자서 개방의 고수들을 도륙한 교주를 떠올리며 작게 진저리를 쳤다.

절대적인 무력.

압도적인 공포를 보여 준 것이다.

그가 펼친 무공들을 떠올리며 보타 신니가 침울한 얼굴을 할 때, 아미파와 함께 후퇴하고 있던 청성파의 책임자 뇌풍 진인이 조심스럽게 다가오며 입을 열었다.

"신니께서는 앞으로 어찌하실 생각이십니까?"

"아미타불⋯⋯ 무슨 말씀이신지요?"

"이대로 본산으로 돌아가실 생각이신지요?"

"그래야 하지 않겠습니까?"

보타 신니가 별생각 없이 대답하자 뇌풍 진인이 고개를 저으며 눈치를 살피다 작게 속삭였다.

"죽은 제자들의 시신을 그대로 그곳에 방치해 둔다면 차후에 분명 큰 문제가 될 것입니다."

보타 신니는 뇌풍 진인의 말에 잠시 멈칫했다.

그리고 두 눈을 크게 떴다.

'이건 옳은 조언이다.'

지금 당장은 안전을 위해 어쩔 수 없이 도망치고 있었지만 그렇다고 해서 가장 중요한 것을 잊으면 곤란했다.

"……아미타불. 제 생각이 짧았습니다."

공손천기 일행은 분명 다른 곳으로 이동할 것이다.

그들 역시 한자리에 오래 있을 수는 없을 테니까.

그 사이에 시신을 최대한 수습해야 했다.

그것이 최소한의 '도리'였다.

'과연 청성파의 최고 지략가라는 말은 사실이었던가……'

뇌풍 진인.

그는 무공보다는 머리로 유명한 조금 특이한 무인이었다.

낙방서생(落榜書生).

무인이면서 서생이라는 별호가 붙은 특이한 사람.

사실 그는 나라에서 치르는 과거 시험에 무려 네 번이나 도전했다. 물론 그 네 번 모두 보기 좋게 떨어졌지만 그래도 포기하지 않았다.

여전히 그는 과거 시험에 도전 중이었다.

덕분에 붙은 별호가 낙방서생이었다.

지금까지는 그 지략이 얼마나 뛰어난 것인지 실감하지 못했지만, 아미파의 보타 신니는 뒤를 힐긋 보고 고개를 끄덕였다.

'가장 전력이 약했던 청성파의 피해가 가장 적다.'

청성파는 이곳에 머릿수만 엇비슷하게 삼백 명을 맞춰서 왔지, 사실 대부분이 일류나 이류 수준의 무인들이었다.

개방의 거지들과 비교해 봐도 그들과 비슷하거나 오히려 낮은 전력.

'한데 그들의 피해가 이곳에서 제일 적다니⋯⋯.'

청성파에서는 기껏해야 삼십 명 정도의 사상자가 나왔을 뿐이다.

이것이 의미하는 바는 진정으로 컸다.

보타 신니가 손을 들어 이동을 멈추게 하곤 옆을 바라보았다. 뇌풍 진인이 이미 점창파 쪽에도 이야기를 해 놓은 모양인지 그들이 멈춤과 동시에 점창파도 멈춰 섰다.

"마교가 이동하면 곧장 본래의 자리로 돌아가 제자들의 시신을 수습하겠습니다. 다들 여기에 이의는 없으시겠지요?"

뇌풍 진인이 말하자 아미파와 점창파의 대표 모두가 고개를 끄덕였다.

그러면서 보타 신니는 내심 부끄러운 기분이 들었다.

단지 살아남기에 급급해서 기본적인 도리를 잊었다고 여

긴 것이다.

'나는 아직도 수양이 부족하구나…….'

기본적인 도리는 물론이고, 내심으로는 뇌풍 진인의 지략이라는 것을 깔보고 있었던 모양이었다.

하나 정말 위기의 순간들이 지나가고 나자 상대방의 역량이 확연하게 눈에 들어왔다.

쭉정이들은 떠내려가고, 탄탄한 내실이 눈에 보이는 것이다.

'산에 복귀하면 마음공부에 더더욱 집중해야겠다.'

단지 무공이 강한 것만이 전부가 아니었다.

절체절명의 위기가 왔을 때 본인이 지니고 있는 역량은 물론이고 타인이 지닌 역량까지 최대한으로 발휘하게 만드는 것.

그것 역시 무공의 강함만큼이나 엄청나게 대단한 일이었으니까.

보타 신니는 벌써부터 정찰조를 편성해서 마교의 움직임을 확인하려는 뇌풍 진인을 보면서 마음속의 번뇌들을 가라앉히기 시작했다.

그리고 입을 열었다.

"아미타불…… 시주께서는 참으로 대단한 사람입니다. 교주의 무력을 직접 보고서도 이렇게 냉정한 판단을 할 수 있다니……."

보타 신니가 순수하게 감탄에 가득 차 입을 열자 뇌풍 진인은 움찔하더니 곧 허허로운 웃음을 입가에 그리며 말했다.

"전부 악중패 덕분이지요."

"……!"

"그를 가까이에서 한번 보게 되면 교주의 무력 정도는 인간답게 느껴집니다."

보타 신니는 순간 멍한 시선으로 뇌풍 진인을 바라보았다. 그러다 머릿속에 떠오르는 말이 있어서 고개를 끄덕였다.

'절대 고수와 같은 공간에서 한 호흡만 같이 하더라도 깨달음을 얻을 수 있다고 했던가…….'

얼마 전까지만 해도 청성파에 악중패가 머물러 있었으니, 뇌풍 진인 역시 그를 볼 기회가 있었을 것이다.

그리고 천하제일 고수 악중패를 직접 마주 보았던 덕분일까?

뇌풍 진인은 교주가 보여 주었던 압도적인 신위에 짓눌리지 않고 현재 자신이 할 수 있는 것이 무엇인지 냉정하게 판단할 수 있었다.

'이건 좋은 깨달음이다.'

보타 신니는 두 손을 모아 합장해 보이며 고개를 끄덕였다.

이번 싸움으로 아미파는 많은 것을 잃었지만 얻은 것도 분명히 있었다.

점창파 역시 마찬가지였다.

그들 역시 바쁘게 움직이는 청성파를 깊게 가라앉은 눈으로 관찰하고 있었다.

*   *   *

무공이 강해지면 몸으로 하는 일들 중에 못 하는 일이 거의 없어진다.

부서진 마차 보수 같은 일도 마찬가지였다.

사실 시우처럼 막강한 고수가 되면 대충 힘으로 때울 수 있는 정도가 되는 것이다.

'이 정도면 되겠지?'

시우가 강기를 사용해서 나무를 자르고 어찌어찌 이어 붙여서 마차 수리를 얼추 끝내 놓았을 무렵, 사방에서 별로 반갑지 않은 기척들이 느껴지기 시작했다.

도망쳤던 감시자들이 숨어서 그들을 관찰하고 있었던 것이다.

'저걸 다 죽일 수도 없고…….'

죽여 봐야 다른 놈들이 빈자리를 대신할 뿐이었다.

현재로써 유일한 해결 방안은 최대한 빨리 이곳을 벗어나는 방법뿐.

'주군께서는 오래 걸리시려나…….'

마야와 야율소하를 데리고 어딘가 마실이라도 나가신 것 같은데…… 너무 오랫동안 외부에 나가 있으면 곤란했다.

될 수 있는 한 빨리 교에 복귀해야 하는 것이다.

사실 이번 습격을 무난하게 막아낼 수 있었던 것은 천마신교가 강했던 것도 있지만 정도맹이 마교 측 전력 분석을 잘못한 부분이 컸다. 하지만 이번 격돌로 인해서 보다 상세한 정보를 얻었을 테니 다음에 습격할 때는 더더욱 엄청난 전력들을 끌고 올 게 뻔했다.

'뭐 그래 봐야 화경의 고수가 끼어 있지 않는 한 어렵겠지만…….'

지금처럼 단순한 머릿수만으로는 화경의 고수 두 명을 제어할 수 없었다.

화경의 고수 한 명과 두 명의 차이는 단순히 전력이 두 배가 되었다는 것을 의미하는 게 아니었으니까.

'못해도 다섯 배 이상을 생각해야겠지.'

시우가 그런 생각들을 하고 있을 때, 마차 안에서 무언가를 꿈지럭거리던 초위명이 얼굴을 찡그리며 투덜거렸다.

"한 놈으로도 버거운 판인데 하나가 더 생겼다?"

"음? 그게 무슨 말입니까?"

"그런 게 있다."

초위명은 시우의 질문에 대답해 주지 않고 계속 무언가를 들여다보며 짜증스러운 표정을 짓고 있었다.

시우 역시 더 물어보지 않았다.

어차피 더 물어봐야 가르쳐 줄 초위명이 아니었으니까.

초위명을 뒤로하고 시우는 마차 지붕 위에 올라가 벌렁 드러누우며 생각에 잠겼다.

'주군께서는 정말 그 여자를 데려가실 생각은 아니시겠지?'

처음에는 아닐 거라고 믿고 싶었지만 공손천기의 성격을 떠올려보고 시우는 진지하게 고민에 빠지기 시작했다.

마야라고 불리는 색목인 여자.

푸른 눈의 이방인.

비록 머리카락을 검게 염색했다곤 하지만 색목인은 색목인이다.

그 여자를 천마신교 내부에 들이는 것만 해도 엄청난 반발이 있을 텐데, 시우가 보기에 공손천기는 그 여자를 그냥 데리고 가려는 것이 아닐 터.

'주군께서는 그 도깨비 같은 여자가 정말 좋으신 건가?'

처음 보았을 때부터 이쁘다고 하길래 농담하는 것인 줄 알았다. 그런데 조금 전 공손천기의 태도를 보며 시우는 확신할 수 있었다.

티를 내지 않으려고 했지만 공손천기의 흔들림이 분명하게 느껴졌던 것이다.

시우의 입장에서 공손천기의 여자 보는 눈은 정말 이해할 수가 없었다.

특이한 느낌에 한번 정도 만나 보는 거라면 어찌어찌 이해해 볼 만도 했다.

그런데 공손천기의 태도는 아무리 봐도 그게 아니었다.

'이런 면에서 쓸데없이 진지하시다니까.'

여자는 무인에게 있어서 치명적인 독과 다름이 없다.

특히 상급의 무력을 익힐수록 더더욱 여자를 경계해야 했다. 그쪽과 관계된 특이한 무공을 익히지 않은 이상 스스로를 좀먹을 뿐이니까.

공손천기가 그것을 모를 리가 없을 텐데 이렇게까지 진지하게 대하는 모습을 보니 시우는 슬슬 걱정이 되기 시작했다.

'그냥 보기 좋게 차였으면 좋겠다.'

그게 제일 속편한 일이었다.

지금 마야를 따로 데려간 걸 보니 분명 고백을 하거나 회유를 할 작정이신 것 같은데…….

솔직한 마음으로 시우는 공손천기가 잘 안 됐으면 좋겠다고 간절히 기원하고 있었다.

괜한 분쟁이나 분란거리는 되도록 만들고 싶지 않았으니까.

그리고 사실 지금 이 순간 공손천기 쪽 분위기는 시우의 바람처럼 썩 좋지는 않았다.

"……지금 제가 마음에 드신다고 하셨습니까?"

"그래. 나는 네가 앞으로 계속 내 곁에 있었으면 한다."

너무도 직설적인 고백이었다.

앞뒤 생각 없이 내지른 공손천기의 고백에 마야 특유의 무덤덤한 얼굴 위로 한 줄기 당황스러움이 떠올랐다.

그녀는 잠시 곁에 있는 야율소하를 한 번 바라보고 다시 고개를 돌려 공손천기를 응시했다.

그 태도에 야율소하의 표정이 눈에 띄게 흔들렸지만 그녀는 곧 표정 관리를 하며 마야의 품에 파고들었다.

그리고 나직하게 말했다.

"솔직하게 말해도 돼. 나 신경 쓰지 말고, 이번만큼은 정말 마야가 내키는 대로 대답해 줬으면 좋겠어."

"주인님……."

"난 우리 마야가 행복해졌으면 좋겠어. 이건 진심이야. 이제 행복해질 때도 되었잖아?"

야율소하는 그렇게 말을 하면서도 마야를 더더욱 강하게 끌어안았다.

마야는 그런 야율소하를 내려다보다가 공손천기에게 시선을 돌렸다. 그녀의 시선에 떠올라 있던 당황스러움은 여전히 숨길수가 없었다.

"교주님은 참으로…… 이상한 사람입니다."

"내가 그런 소리는 많이 들었지. 그건 별로 신선하지 않은 대답인데."

마야는 공손천기의 장난기 가득한 대답에 한숨을 내쉬며 말했다.

"제가 어떤 사람인 줄 알고 저를 좋아하는 것입니까? 교주님께서 저를 본 것은 고작해야 한 손에 꼽을 정도이지 않습니까?"

마야는 확신이 필요했다.

공손천기의 입장에서는 가벼운 장난이나 진지하지 않은 마음으로 다가올 수도 있겠지만 마야의 입장에서는 아니었으니까.

'단순히 내 입장만 생각해서도 안 돼.'

이건 야율소하까지 함께 관련된 일이었다.

공손천기가 진심이 아니라면 괜히 휘둘릴 필요가 없었던 것이다.

그런 마음이 전해진 것일까?

공손천기는 잠시 멀뚱거리는 시선으로 마야를 바라보았다.

마야 역시 그런 공손천기를 똑바로 바라보았다.

그 순간이 되어서야 비로소 둘의 시선이 아무런 방해 없이 마주할 수 있었다.

그렇게 얼마의 시간이 지났을까?

마야의 시선이 가볍게 떨리기 시작했다.

'이 사람……'

장난기가 가득한 눈빛이었지만 그 눈 속에서 거짓은 단 한 점도 찾아볼 수가 없었다.

공손천기는 지금 진심인 것이다.

그것을 읽었기에 마야가 아랫입술을 깨물었을 즈음.

그녀의 눈을 살피는 공손천기의 입가에 장난기가 서서히 사라졌다.

"네가 무엇을 불안해하는지 잘 알겠다. 내가 너무 장난처럼 보였던 모양이네."

공손천기는 입가에 떠오른 웃음기를 완전히 지우고 가볍게 숨을 몰아쉰 후 진지해진 얼굴로 마야를 바라보았다.

"방금 했던 사랑 고백을 또 하자니 나도 좀 부끄럽긴 하지만……."

"……그런 뜻이 아닙니다, 교주님. 오해하고 계십니다. 전 그냥 이유가 알고 싶을 뿐입니다."

한두 번 얼굴만 본 상대에게 반한다?

실제로 그런 일이 생기는 것도 드물겠지만 만약 생기더라도 쉽게 받아들이기 어려울 것이다.

공손천기는 마야의 말에 고개를 끄덕였다.

그리고 솔직하게 말했다.

"그런 뜻이었나? 하지만 그건 대답해 줄 수가 없다. 나 역시 너에게 빠진 이유를 모르니까 그 질문에 대답해 줄 수 있는 말도 당연히 없지."

진심이었다.

이유를 모르니 대답해 줄 말도 없었다.

사실 공손천기도 이유가 뭔지 궁금했으니까.

"……."

"하지만 이것만큼은 지금 확실히 말해 줄 수 있다."

공손천기는 마야에게 성큼성큼 다가갔다. 그리고 정확히 손만 뻗으면 닿을 위치에서 멈춰 선 후 잠시 뜸을 들였다.

그러다 그녀의 손목을 확 잡아채며 말했다.

"너 역시 나를 잘 모른다. 그런데도 내가 좋지 않으냐?"

"……!"

"설마 이것도 내가 오해하고 있는 거였나?"

마야는 말문이 막혔다.

역으로 질문을 받게 되니 머릿속이 하얗게 변한 것이다.

하지만 혼란스러운 와중에도 공손천기의 말이 사실이라는 것만큼은 그녀도 알고 있었다.

마야는 손목을 타고 전해져 오는 공손천기의 생생한 온기에 머릿속이 순간 정지되어 버렸다.

그렇게 마야가 대답하지 못하고 석상처럼 굳어 있자 공손천기가 말했다.

"나는 네가 좋다, 마야. 네가 어디에서 무엇을 했건, 무엇을 하고 싶건 관계없이 그냥 너라는 존재가 좋다."

"……."

마야는 코앞에서 다시 한 번 직설적인 고백을 받자 자신도 모르게 얼굴이 뜨거워져 옴을 느꼈다.

이 사람은 너무도 저돌적이었고, 저런 말을 아무렇지도 않게 할 정도로 뻔뻔한 남자였다.

그런데도 이상하게 싫지가 않았다.

아니, 싫지가 않은 것이 아니라 심장이 바깥으로 튀어 나갈 만큼 쿵쾅거렸다. 하지만 입에서 나가는 말은 마야의 생각과는 전혀 달랐다.

"……사람의 마음은 간사한 것입니다, 교주님. 지금은 그런 마음일지라도 앞으로는 달라질지도 모릅니다."

"그래, 네 말처럼 사람 마음이라는 것은 참으로 간사한 놈이니까 앞으로 분명 달라지겠지."

의외로 공손천기는 마야의 말을 선선히 인정했다.

마야의 눈동자가 흔들리자 공손천기는 입꼬리를 말아 올리며 악동같이 웃었다.

"내가 너에 대해서 잘 모르는데도 이렇게나 네가 좋다. 그렇다면 너에 대해서 더 알게 되면 얼마나 더 좋아질까? 그건 정말 나조차도 무서울 정도다."

"……."

마야는 공손천기가 새하얀 치아를 드러내며 웃자 멍한 얼굴로 그 모습을 바라보았다.

이상하게도 저 웃음이 눈에 새겨질 듯 뚜렷하게 남았던 것이다.

第八章
상실

시우는 마차 쪽으로 다가오는 인기척을 느끼고 지붕 위에서 몸을 일으켰다.

공손천기와 마야, 그리고 야율소하가 돌아온 것이다.

그들의 표정을 살펴보던 시우는 마른침을 삼키고 조심스럽게 입을 열었다.

"이제 출발해도 되는 겁니까, 주군?"

"그래. 출발해라."

공손천기의 표정은 평소 그대로였지만 마야와 야율소하의 표정은 그렇지 못했다.

복잡미묘.

조막만 한 그녀들의 얼굴 위로 여러 가지 복합적인 감정이 소용돌이치고 있었던 것이다.

'무슨 이야기를 어떻게 했을까?'

그놈의 호기심이라는 놈이 목구멍에서 고개를 스멀스멀 내밀었지만, 시우는 가까스로 그것을 억눌렀다. 그리고 곧장 마차 지붕에서 내려와 마부석에 앉으며 눈을 질끈 감았다.

'모르는 척하자. 원래 다른 사람의 연애사에는 끼는 게 아니라고 했으니까.'

불과 얼마 전까지만 해도 반유하라는 이상한 여자 때문에 얼마나 일이 피곤해졌던가.

다시는 그런 일에 얽히고 싶지 않았다.

히히힝—

마부가 마차를 조심스럽게 몰아가기 시작하자 시우는 머릿속으로 딴생각을 떠올리면서도 마차 내부의 소리에 집중했다.

"연애 사업 중에 미안한데, 아무래도 신경 써야 할 놈이 하나 더 생긴 것 같다, 애송아."

공손천기는 초위명을 힐긋 바라보다가 마차 어딘가를 응시하며 슬쩍 웃었다.

"파카후를 말하는 거냐?"

"네놈도 알고 있었느냐?"

"물론이지."

"호오? 제법이구나. 네놈에게 그 정도 경지의 감지 능력이 있을 줄은 몰랐는데?"

초위명이 의외라는 얼굴을 할 때, 공손천기는 저 먼 곳 어딘가를 바라보며 미소 지었다.

"이건 감지 능력 따위가 아니지."

"그럼?"

"그놈과 눈이 마주쳐서 알게 된 거거든."

말을 하는 공손천기의 머리 위로 붉은색 눈동자가 떠올랐다. 하나 그것은 과거 초위명도 보았던 마왕의 눈과는 조금 다른 느낌이었다.

'이 건방진 애송이 놈이……'

초위명은 공손천기의 이마에 떠오른 붉은 눈을 보고 볼을 연신 씰룩거렸다.

이놈은 마왕의 눈을 자기만의 방식대로 해석해서 응용하고 있었다. 무공을 사용해서 그것의 형태를 조금 바꿔 놓았던 것이다.

'무공에 술법을 접목시켜서 사용한다라……'

언뜻 듣기엔 별거 아니라고 생각할 수도 있지만 사실 이건 완전히 다른 두 분야를 접목시키는 일이었다.

무공과 술법.

이 둘은 물과 기름만큼이나, 가는 길이 전혀 달랐던 것이다.

하나 공손천기는 둘 모두 최상의 경지를 이룬 상태였다.

그래서일까?

공손천기는 무공과 술법이 가지는 장점들만을 모아서 응용할 수 있게 되었다.

'마왕의 눈을 무공에 녹여서 사용하는 미친놈이라니, 웃기지도 않네.'

만약 이 애송이 놈이 무공 말고 완전히 술법에만 매진했다면 어떤 결과를 얻었을까?

이건 생각할수록 아쉬웠다.

초위명이 달리는 마차 안에서 입맛을 쩝쩝 다시고 있을 무렵, 마야의 머릿속은 온통 혼돈 그 자체였다.

'나는 왜 아무런 대답도 하지 못했을까?'

공손천기의 노골적인 고백·이후에 마야는 스스로의 혼란스러운 마음을 객관적으로 돌아보기 위해 애썼다.

하지만 허사였다.

자기 마음이 어떤지 전혀 확신할 수 없었던 것이다.

'나는 이 사람이 좋은 건가?'

마야는 이 질문에 예전처럼 '아니오.' 라는 대답을 할 수가 없었다.

예전 같았으면 야율소하를 위해서라도 단호하게 공손천기를 밀어냈을 것이다. 본인의 마음이야 어떻든 간에 야율소하의 입장을 최우선으로 생각했을 테니까.

하지만 진심으로 솔직하게 말하라는 그녀의 충고를 듣고 나자 결국 마야는 공손천기를 밀어내지 못했다.

확실히 마야도 공손천기를 보면 마음이 아릿하기도 하고 울렁거리기도 했던 것이다.

'주인님……'

힐긋거리며 살펴본 야율소하의 표정은 굉장히 심란해 보였다.

아마 본인들은 몰랐겠지만 야율소하와 마야, 둘의 표정은 지금 몹시도 비슷했다.

깊은 번뇌에 사로잡혀 있는 표정인 것이다.

정작 이런 고민을 던져준 공손천기는 지금 무척이나 홀가분하고 편안한 얼굴로 입을 열었다.

"배가 고프다, 시우."

"조금만 더 가면 번화가가 나옵니다, 주군. 오늘 하루 정도는 그곳에서 큰 객잔을 잡고 쉬어도 될 것 같습니다."

시우의 대답에 공손천기는 고개를 끄덕였다.

그도 방금 전에 정도맹의 추적자들을 부숴 놓았으니 하

루 정도는 여유를 부려도 될 것이라 여겼다.

'본래라면 여유 없이 달려서 십만대산으로 복귀해야겠지만……'

공손천기는 마차 구석에 앉아서 복잡한 번뇌에 잠겨 있는 두 명의 중생을 힐긋 바라본 다음 초위명을 응시하며 입을 열었다.

"파카후가 노리는 건 내가 아니야."

"애송이, 네놈을 보고 있다면서? 그런데도 노리는 게 네가 아니라니, 그럼 누구지?"

공손천기는 한동안 대답 없이 빈 허공 어딘가를 바라보며 입을 열었다.

"건방지게도 그놈은 내가 찍은 먹잇감에 손을 데려고 하고 있지. 벌을 한번 받아야 정신을 차릴 놈이군."

파카후와 눈이 마주하는 순간 공손천기는 눈치챌 수 있었다. 정확한 이유는 그도 몰랐지만 저놈의 계략이 순간적으로 머릿속에 흘러들어 왔던 것이다.

미루어 짐작하건대 마왕의 눈을 본떠서 새롭게 만든 심연술이 가진 어떤 효능 덕분인 듯했다.

'아버지를 죽이고 왕이 되려는 놈이라……'

이건 꽤나 흥미가 있는 소재였다.

게다가 저놈이 죽이려는 상대가 그 마왕 파순이 아닌가?

'하지만 안 돼. 놈은 내 거다.'

그런 마음을 담아 파카후를 쏘아보았는데 그놈의 입가에 미소가 그려졌다.

그 광대 같은 웃음에 공손천기는 마주 웃어 주었다.

아무래도 저놈은 방해꾼이 되기로 작정한 것 같았다.

'파순을 만나는 순간을 노려서 가로채려는 모양인데……
쉽지는 않을 거다.'

파카후는 그런 공손천기를 보며 헤벌쭉 웃었다.

'과연 아버지가 눈독을 들이는 인간이다 이거지?'

저 인간의 도발적인 눈과 마주하는 순간 파카후는 전신이 열병에라도 걸린 것처럼 후끈하게 달아올랐다.

당장이라도 공손천기가 있는 곳으로 달려가서 녀석의 멱줄을 움켜쥐고 싶어졌다. 녀석의 펄떡거리는 심장을 쥐어뜯어서 생으로 뜯어 먹고 싶은 마음이 가득해졌지만……
파카후는 가까스로 그것을 억눌렀다.

'좋아. 기다려 줄게, 공손천기.'

기다려 주는 것은 사실 파카후에게 있어서 그다지 어렵지 않은 일이다.

지금까지만 해도 얼마나 긴 시간을 기다려 왔던가?

오랜 시간 준비해 왔던 것이 완벽하게 이루어지기까지 이제 얼마 남지 않았다.

'조급해할 필요 없이 천천히.'

하나씩하나씩 계획대로 진행되고 있었다.

공손천기 저 녀석도 때가 되면 결국에는 그의 발아래 깔려서 살려 달라고 울부짖게 될 것이다.

파카후는 혀로 입술을 핥으며 눈을 감았다.

공손천기가 어떻게 자신의 '시선'을 눈치챈 것인지는 아직도 잘 모르겠지만 어차피 이젠 상관없었다.

저 녀석의 목표와 그의 목표가 같다는 것을 확인했으니까.

이제 그는 조용히 기다리기만 하면 되었다.

＊　　　＊　　　＊

과거 부처를 타락시키기 위해 파순은 여러 단계로 그를 유혹하려고 애썼다. 깨달음이 깊은 인간일수록, 타락했을 때 그 빈틈으로 새어 나오는 힘이 막대했으니까.

하지만 그 모든 시도는 실패했다.

결국 부처는 깨달음을 얻고 인간의 굴레에서 벗어나 신이 되어 버린 것이다.

그러고 나서 파순은 가진 힘의 거의 전부를 잃고 봉인당해 버렸다.

그랬던 파순이 지금 눈앞에 가부좌를 틀고 앉아 있는 악중패를 보며 곤혹스러운 표정을 해 보였다.

'이놈…….'

믿을 수 없는 일이었지만 악중패에게서 과거 부처를 대할 때와 같은 막막함을 느꼈다.

파문 한 점 없는 고요한 호수 한가운데 앉아 있는 듯한 느낌.

아무리 두들기고 흔들어도 그 호수에는 작은 물결 하나 일렁이지 않았다.

'과거의 악몽을 다시 보여 주는 건가…….'

파순은 악중패를 마주하고 나서 전혀 손을 쓸 수가 없었다.

그를 유혹해서 타락시키겠다고 호언장담해 놓고선 단 한 번도 무언가를 시도해 보지 못한 것이다.

'무아지경인가…….'

악중패는 모든 것을 완벽하게 다 잊어버린 것만 같았다.

심지어 시간의 흐름도 완전히 머릿속에서 지워 버린 모양이었다.

그는 그저 조용히 가부좌를 한 채 스스로의 내면세계를 꾸준히 넓혀 가고만 있었다.

"괴물이었군."

파순은 순순히 인정했다.

이번 일을 너무 쉽게 생각했던 것이다.

인간들 중에 다시는 부처와 같은 괴물이 나오지 않을 거라 안일하게 여겼던 모양이다.

잠시 악중패를 살펴보던 파순은 다시금 깊은 한숨을 내쉬었다.

'빈틈이 없다.'

이놈은 바늘 하나 들어갈 빈틈도 남겨두지 않았다.

이걸 어떻게 뚫고 타락시킨다는 말인가?

과거 부처를 유혹할 때는 파순 역시 젊었고, 정 안 되면 힘으로라도 해결할 수 있었다.

문제는 지금의 상황이었다.

현재 파순은 과거에 넘쳐흘렀던 힘조차도 오랜 봉인으로 몽땅 잃어버린 상태이지 않은가?

'아무리 그래도 그렇지 이렇게까지 발목을 잡힐 줄이야……'

비참했다.

제법 힘을 회복했다고 생각했는데 어림도 없었던 모양이다.

파순이 그렇게 툴툴거리고 있는데 누군가의 음성이 귓가에 들렸다.

[어째서 보고만 있지?]

파순은 자신에게 말을 건 대상이 악중패라는 사실을 깨닫고 눈을 동그랗게 떴다.

아무리 그라도 이건 놀랄 수밖에 없었던 것이다.

"의식을 두 개로 나눈 건가?"

분명 무아지경의 상태가 아니었던가?

그런데 대체 어떻게?

파순이 황당하다는 얼굴을 할 때 악중패의 몸에서 갑자기 환하게 빛이 새어 나왔다. 그러나 그 빛은 금방 사라졌고, 빛이 사라진 장소에 생긴 것을 보고 파순이 어이없다는 표정을 해 보였다.

[어째서 나를 시험에 들게 하지 않는 거지? 그게 너의 임무 아니었나?]

"……."

파순은 눈을 가늘게 뜨고 지켜보았다.

지금 눈앞에 있는 악중패가 두 개로 갈라지는 듯한 느낌이 들었다.

그리고 과연 그것은 사실이었다.

맑고 투명한 빛 덩어리 같은 악중패가 허공에 둥둥 떠 있었다.

"네놈은 정말 괴물이었군……."

파순은 악중패에게 빈손을 내보이며 말했다.

"보다시피 나는 힘을 다 잃었다. 최근에 회복한 알량한 힘으로는 아무것도 할 수 없지. 그래서 너에게 그 어떤 '시련'도 줄 수가 없다."

굴욕적이지만 인정할 건 인정해야 했다.

파순이 그렇게 이야기하자 악중패는 특유의 무표정으로 그를 가만히 지켜보다가 입을 열었다.

[힘이 없어서 그런 거였던가? 그렇다면 힘을 주지.]

악중패의 무덤덤한 말에 파순은 피식 웃었다.

고작해야 인간이 그에게 힘을 주겠다고?

이런 웃기는 제안은 태고부터 지금까지 살아오면서 한 번도 들어 본 적이 없었다.

그런데 정작 그런 제안을 한 놈은 진심이었던 모양이다.

[받아라. 내가 가진 힘의 절반이다.]

파아아앗—

밝은 빛이 파순의 몸을 덮쳤다고 생각했다.

그 순간 놀랍게도 파순의 몸체가 빠르게 변하기 시작했다.

우드득—

이마에서 거칠고 두꺼운 뿔이 자라났고, 긴 꼬리와 커다란 날개도 생겨났다. 전신에서 끝도 없을 만큼 막강한 힘이 흘러넘쳤고, 인간의 연약한 몸뚱이가 터져 나갈 만큼의 악의(惡意)가 파순에게서 생겨났다.

"네놈…… 대체 정체가 뭐냐?"

전신의 힘을 개방하고 나서 파순은 그때까지 얼굴에 그리고 있던 여유를 다 지웠다.

그는 엄청난 힘을 얻고도 결코 좋아하지 않았다.

이건 그의 노력으로 얻은 것이 아니기 때문이다.

세상에 거저 주어지는 것은 없으니까.

하지만 정작 힘을 준 악중패는 특별한 대답을 하지 않고 눈을 감아 버렸다. 그러자 그의 머리 위에서 둥실둥실 떠다니던 쌍둥이처럼 똑 닮은 빛 덩어리도 완전히 사라졌다.

"한번 해볼 수 있으면 해보라 이거더냐?"

파순은 어금니를 깨물었다.

자존심에 상처가 생겼다.

"좋다. 누가 이기나 한번 해보면 알게 되겠지."

그 말을 끝으로 파순은 악중패의 타락을 위해 움직이기 시작했다.

*　　　*　　　*

커다란 객잔의 후원에 마련된 특별실에는 마야와 야율소하가 묵고 있었다.

오랜만에 가져 보는 제대로 된 휴식.

김이 모락모락 뿜어져 나오는 커다란 욕조에 몸을 담그며 마야는 복잡한 얼굴을 해 보였다.

'내가 하는 고민이 이상한 것일까?'

천마신교의 교주.

그가 자신의 곁에 평생 있어 달라고 말한 것은, 쉽게 말하자면 혼약을 하자는 말이었다.

적어도 마야가 듣기엔 그러했다.

'그렇다면 주인님은 어떻게 되는 거지?'

여기부터 머리가 아파 왔다.

과거에 공손천기는 야율소하를 별로 좋아하지 않았으니까.

언제나 떽떽거리고 귀찮게 군다고 여겼던 것이다.

그것도 꽤나 노골적으로 그런 감정을 표현했다.

'과연 주인님도 받아 주실까?'

거기까지 생각하던 마야는 생각을 달리 먹었다.

공손천기가 야율소하를 받아 주고 안 받아 주고의 문제가 아니었다.

'내가 지켜 드리면 된다.'

설령 공손천기가 야율소하를 받아 주지 않는다고 하더라도 상관없었다.

그녀가 충분히 지켜 줄 수 있을 테니까.

그렇게 생각하니 그래도 마음이 조금이나마 편해졌다.

그때 욕실 문이 열리고 야율소하가 들어왔다.

좌아악―!

마야가 욕조에서 벌떡 일어섰다.

그리고 당황한 얼굴로 말했다.

"주인님? 주무시고 계신 게 아니었습니까?"

"응. 잠이 안 와서."

야율소하는 웃으며 마야에게 앉으라고 손짓했다.

마야가 머뭇거리다가 다시 욕조에 앉자 야율소하도 욕조에 같이 들어와 마야의 반대쪽에 앉았다.

그 후 야율소하가 조심스럽게 물었다.

"마음 정리는 다 된 거지?"

"예…… 주인님."

"마야도 그 사람이 좋아?"

그랬다.

이게 가장 중요했다.

그리고 그동안 마야를 괴롭혔던 근본적인 질문이기도 했다.

다행히 지금은 그 해답이 나온 상태였다.

"네, 좋아요."

마야는 살면서 이런 감정을 느껴 본 적이 없었다.

그래서 확신할 수는 없었지만 이건 '설렘'이라고 부르는 감정일 거라 생각했다.

마야의 확신에 찬 대답을 듣고 그 표정을 가만히 살펴보고 있던 야율소하는 환하게 웃어 보였다.

"다행이다, 마야. 정말 다행이야."

찰랑—

야율소하는 욕조의 물을 손으로 들었다가 가볍게 떨구며 웃었다.

"이제 우리 마야도 행복해질 수 있겠다. 그동안 나 따라 다니느라 고생 많이 했잖아."

"아닙니다, 주인님."

"우리 마야는 충분히 행복해질 권리가 있어."

"주인님도 마찬가지입니다."

야율소하는 고개를 끄덕였다.

그리고 마야에게 안기며 배시시 웃었다.

"확실히 우리 마야, 다른 사람에게 주기 너무 아까운 몸이긴 하지만…… 마야가 행복하다면 어쩔 수 없지. 내가 포기해야지, 뭐."

야율소하의 장난기 가득한 말에 마야의 얼굴에 당황스러움이 떠오를 때 야율소하가 마야의 귓가에 대고 작게 속삭였다.

"……행복해야 해, 마야."

마야는 별생각 없이 고개를 끄덕였다.

그리고 마야는 다음 날 아침이 되고 나서 비어 있는 침상을 보고 눈을 부릅떴다.

야율소하가 있어야 할 침상에 그녀가 없었던 것이다.

*　　　*　　　*

악중패는 며칠 사이 심하게 메말라 있었다.

언제나 보기 좋았던 은발의 머리카락은 푸석푸석해져 있었고, 적당한 근육이 촘촘하게 자리 잡고 있던 육체는 앙상한 모습으로 쪼그라들어 있었다.

파순이 내리는 고행을 견디고 있는 것이다.

[크크. 어떠하냐, 인간? 만족스러운가?]

악중패는 눈을 감고 미동조차 하지 않았다.

하지만 누군가가 의식으로 직접 말을 걸어오며 그의 정신 집중을 깨려고 했다.

태고의 마왕 파순.

그는 검은 뿔과 꼬리, 그리고 거대한 박쥐 같은 날개를 꺼내 놓은 채 삐죽한 손톱으로 악중패의 이마를 만지며 미소 지었다.

[나에게 힘을 준 것을 후회하지 않으냐, 인간?]

"……."

악중패는 아무런 말을 하지 않았다.

그저 조용하고 고요하게 의식을 하나로 만들어 놓고 있을 따름이었다.

마왕 파순의 힘을 회복시킨 것은 악중패의 의지.

악중패의 힘을 받고 파순은 단번에 부상을 회복함과 동시에 과거의 힘도 거의 되찾았다.

[그대로 공손천기를 만나고 파카후를 만나러 가도 되었겠지만…… 생각이 바뀌었다.]

인간 주제에 거대한 힘을 지니고 있는 것도 의외였지만, 파순은 악중패라는 인간에게 순수하게 흥미가 생겼다.

대체 무엇을 얻으려고 이런 짓을 벌였을까?

이놈이 정말로 부처처럼 깨달음을 얻어서 신이 되려고 하려는 걸까?

'그렇다면 정말로 멍청한 놈이지.'

설령 이놈이 신이 될 수 있다고 하더라도 그것은 한낱 허망한 꿈에 불과했다.

그저 인간의 허약한 육체에서 오는 한계를 벗어날 뿐 이놈이 꿈꾸고 있는 것처럼 전지전능한 힘은 없을 테니까.

물론 부처처럼 가끔 특별한 존재가 나오긴 한다.

'하지만 부처는 말 그대로 특별한 존재지.'

역설적이긴 하지만 부처는 사실 보리수나무 아래에서 '아무것도' 얻지 못했다. 그리고 그 아무것도 얻지 못함을 인정하고 받아들이는 순간 가장 특별한 존재가 된 것이다.

'인간들은 절대로 얻을 수 없는 깨달음이지.'

신이 가진 전지전능한 힘은 사실 존재하지 않았다.

하지만 인간들은 그런 허상을 좇기에 여념이 없었다.

그리고 그것이 파순으로서는 가장 맛있는 먹이였다.

깨달음이라는 과실을 얻기 위해 필사적으로 노력하고 집중하고 평정심을 유지한다. 그렇기에 그것이 깨져 버렸을 때 흘러나오는 힘은 정말로 별미였던 것이다.

'너 역시 마찬가지다.'

악중패.

현시대에 존재하는 최강, 최고의 인간이었다.

이 녀석이라면 정말로 인간의 육체를 벗어던지고 깨달음을 쟁취할 수 있을지도 모른다.

하지만 그건 분명 전지전능함과는 거리가 있었다.

'계속 그렇게 착각 속에 살아라, 악중패.'

파순이 손가락을 까딱하자 악중패의 메말라 있던 피부가 갈라지며 검버섯이 생기기 시작했다.

지금까지 악중패가 견디고 있던 기아(飢餓, 굶주림)와 만고(萬苦, 괴로움)의 고행에 하나를 더해서 노화(老化, 나이듦)를 던져 준 것이다.

뼈가 삭고 전신에서 힘이 빠르게 빠져나갔다.

단련된 육체가 파순의 손짓 하나에 너무도 허망하게 무너지고 있었던 것이다.

[이것은 어떠하냐? 이것 역시 견딜 만하더냐, 악중패?]

파순이 음흉하게 웃으며 물을 무렵 악중패는 고통을 참고 인내하며 스스로에게 끊임없이 질문을 던지고 있었다.

'내가 파순에게 힘을 준 이유는 간단하다.'

깨달음의 방해자인 마왕 파순.

녀석도 알고 있을지 모르겠지만, 역설적이게도 파순은 사실 깨달음에 가장 가까운 존재였다.

그랬기에 녀석에게 힘을 나누어 주었다.

어차피 지금 악중패는 최후의 깨달음을 얻을 수 없으면 그냥 죽는 것이 낫다고 생각하고 있었으니까.

'나에겐 아무것도 없다.'

그에게는 천하제일인이라는 명성이 있었지만 그것에 집착하지 않았다.

단순히 명성에만 집착을 하지 않는 것이 아니었다.

삶에 대한 집착도, 무엇을 이루고자하는 욕망도.

그 무엇도 남아 있는 것이 없었다.

본래 강한 자를 만나서 겨루고자 했지만 그것조차도 이제 악중패에게 남아 있지 않았다. 이 세상에 그보다 강한 사람이 없다는 것을 깨달아 버린 것이다.

그러니 지금 악중패는 앞으로 일이 어떻게 되든 관계가 없었다.

'그저 앞으로 나아갈 뿐이다.'

이 앞에 무엇이 있을지는 악중패도 모른다.

정말로 깨달음이라는 것이 있을지, 아니면 파순의 말처럼 아무것도 없을지, 그건 오로지 직접 가 봐야만 아는 것이다.

파순이 내려주는 고행 때문에 전신의 뼈가 물렁해지고, 피부는 생기를 잃은 지 오래였다. 굶주림과 병마의 고통으로 인해 육체는 정신의 제어를 벗어나려고 했다.

하지만 악중패는 흔들리지 않았다.

반쯤 감은 듯 뜨여 있는 두 눈에서는 고행을 받으면 받을수록 더더욱 밝은 빛이 새어 나오고 있었다.

그게 파순의 마음에 들지 않았다.

'지독한 놈.'

이대로라면 이놈은 정말 무언가를 손에 쥘 것이다.

그건 정말 배알이 뒤틀리는 일이었다.

그렇다고 해서 파순이 약해진 악중패를 향해 직접적으로 손을 쓸 수는 없었다.

죽음.

그것은 허상이 아니라 실제였으니까.

파순은 인간에게 고행만 내릴 수 있지 실질적인 무력은 행사할 수가 없었던 것이다.

'이놈이 겪고 있는 육체적인 고통은 사실상 허상이지.'

파순은 낮게 혀를 찼다.

실제의 악중패는 처음과 똑같은 고고한 모습으로 본래의 형상을 유지하고 있었다.

조금의 흔들림도 없고, 평정심이 깨어지지도 않고 처음 모습 그대로인 것이다. 지금은 단지 파순이 악중패의 마음에 개입해 임의의 형태로 겉모습을 바꿔놓은 것뿐.

'일체유심조(一切唯心造, 모든 것은 마음먹기에 따라 다르다)다.'

저 단단한 마음에 빈틈을 만들어 녀석의 평정심을 깨부숴야만 했다.

하지만 악중패는 자신의 내면에서 일어나는 자문자답은 물론이고 외부의 어떤 개입과 방해에도 본인의 단단함을 꿋꿋하게 유지하고 있었다.

'참으로 질리는 놈이군.'

부처도 그랬지만 이런 놈들은 깨달음을 얻는 과정에서 고행을 너무도 당연하게 생각하고 받아들였다. 그러니 기존의 방식으로는 이놈의 수행을 방해할 순 없었다.

다른 방법을 강구해야만 했다.

파순은 악중패를 가운데 두고 빙글빙글 돌면서 고민했다.

그러다 음험하게 미소 지었다.

지금까지와는 전혀 다른, 새로운 방법이 생각났던 것이다.

*   *   *

행복이란 상황에 따라 변하는 법이다.

지금의 야율소하가 그랬다.

본래 지독하게 이기적인 그녀가 여러 가지 힘든 상황을 겪다 보니 무엇이 행복인지 알게 되어 버린 것이다.

'내가 마야 곁에 있으면 안 돼.'

마야는 불행한 사람이었다.

태어난 고향을 등져야 했을 정도로 그녀의 인생은 불행한 일투성이였으니까.

야율소하는 그런 마야의 과거에 대해서 누구보다도 잘

알고 있었고, 이제는 그녀가 행복해질 때라고 생각하고 있었다.

그랬기에 떠났다.

자신이 마야 곁에 있음으로써 그녀가 얼마나 복잡하고 곤란한 상황에 처하게 될지 알았던 것이다.

야율소하는 아무도 모르게, 새벽을 틈타서 말을 훔쳐 타고 달렸다.

'행복해야 해. 마야.'

그녀는 물기가 가득한 눈을 훔치며 열심히 말을 몰았다.

최대한 빠르게 사막으로 돌아갈 생각이었다.

예전과는 상황이 다르겠지만, 그래도 사막이라면 먼저 돌아간 언니들도 있으니 새로운 살길을 찾아볼 수 있을 것 같아서였다.

그녀가 그렇게 스스로의 미래를 막연하게나마 생각하며 서둘러 가고 있을 때, 그 뒤를 은밀하게 뒤쫓는 사람이 있었다.

'아주 놀구 있네.'

시우는 몸을 숨긴 채 야율소하의 말을 뒤쫓아 가며 속으로 한숨을 내쉬었다.

혼자서 비련의 여주인공처럼 행동하는 야율소하를 보니 헛웃음이 나오는 것이다.

야율소하가 마야 몰래 새벽에 숙소를 빠져나갔지만 그것을 눈치 못 챈 것은 마야밖에 없었다. 천마신교의 고수들은 마야와 다르게 야율소하의 행동을 처음부터 주시하고 있었던 것이다.

야율소하가 말을 타고 도주를 감행하자 시우는 어깨춤이라도 추고 싶었다.

'짐 덩이가 알아서 떨어져 나가 주는구나!'

물론 그것보다 더욱 곤란한, 크고 거대한 짐 덩이가 아직 남아 있었지만 당장 하나라도 줄어드니 그게 어디인가?

그동안 착하게 산 보람이 느껴지는 순간이었다.

딱 거기까지는 정말 좋았다.

'그런데……'

시우는 속으로 툴툴거리며 공손천기를 원망했다.

저 여자는 굳이 보살펴 줄 이유가 없었다.

그런데 공손천기의 생각은 다른 모양이다.

'게다가 왜 하필 나를……'

시우는 야율소하에게 그다지 좋은 감정이 없었다.

그리고 사실 단순히 뒤를 봐줄 거면 다른 사람을 보내도 충분했을 것이다. 특히 주상산 같이 은신에 특화되어 있는 자객 출신의 고수라면 이런 일에 더더욱 적합할 테니까.

하지만 공손천기에게 지목된 것은 시우였다.

'은밀히 따라가 봐. 보나 마나 사막으로 가겠지만 행적을 정확하게 알아둘 필요가 있겠지.'

시우는 저런 번거로운 여자 뒤를 쫓는 것을 거부하고 싶었다.

사막에서도 겪어 봤지만 저 여자는 재앙을 몰고 다니는 여자였다.

그랬기에 시우는 본인이 이곳에 있어야 할 필요성을 강하게 주장했지만 공손천기에게는 씨알도 먹히지 않았다.

'역시 이건 그동안 내가 너무 착하게 산 탓인가 보다.'

시우는 선량하게 살아온 지난날의 자신을 한탄하며 야율소하의 뒤를 쫓기 시작했다. 공손천기가 일부러 괴롭히는 것이라는 생각도 잠깐 들었지만 시우는 애써 그 생각을 지웠다.

게다가 사실 일 자체는 쉬웠다.

야율소하의 승마술은 정말 별로였기 때문에 말을 타지 않은 시우가 뒤쫓는 데에도 그렇게 큰 어려움은 없었으니까.

'문제는…….'

시우는 야율소하의 얼굴을 힐긋 보고 낮게 혀를 찼다.

그녀가 어느새 눈물 콧물 범벅인 상태로 말을 몰고 있었던 것이다. 거기에 먼지까지 뒤집어쓰자 꿈에서 볼까 무서울 정도로 추한 몰골이 되었지만 신기하게도 꺼림칙함보다는 서서히 동정과 연민의 감정이 들기 시작했다.

'응? 정신 차려라, 시우. 저런 정신 나간 여자를 동정해서 어쩌자는 거야?'

스스로의 심경 변화에 크게 놀란 시우는 야율소하에게서 눈을 돌리며 스스로의 뺨을 때리기 시작했다.

'빌어먹을······.'

시우가 어금니를 깨물고 고개를 돌렸다.

그리고 아직도 훌쩍거리며 말을 몰고 있는 야율소하를 노려보며 생각했다.

'좋아. 한 번 정도는 도와주지.'

딱 한 번.

그 정도면 될 것이다.

시우는 본인의 선량함을 다시 한 번 저주하며 기척을 죽인 채 야율소하의 뒤를 쫓아갔다.

그리고 그사이 아침이 밝아 오기 시작했고, 마야와 공손천기가 머물고 있는 숙소에서도 소란이 일어났다.

"주인님이 없어졌습니다."

공손천기는 탁자에 앉아서 차를 마시고 있었다.

그러다 이른 아침부터 불쑥 찾아온 마야를 보고 슬쩍 웃어 주었다.

공손천기는 마야에게 눈짓으로 자신의 맞은편 의자에 앉으라는 신호를 보냈다.

하지만 마야는 자리에 앉지 않았다.

그녀는 손에 들고 있는 서찰을 꾸욱 움켜쥐며 말했다.

"시간이 없습니다, 교주님. 저는 가 봐야 합니다."

야율소하가 헤어지기 전에 남겨 두었던 서찰의 내용이 억지로 꾸민 듯이 밝다는 사실이 마야의 마음을 다급하게 만들었다.

마야가 알고 있는 야율소하는 굉장히 이기적인 사람이었다. 그런 그녀가 이렇게 떠났다는 것을 알게 되자 마야는 마음 한켠이 송두리째 뜯겨 나가는 것만 같았다.

"그렇게 불안한 얼굴 하지 마라. 사람을 붙여 두었으니까. 그러니 이리 와서 차라도 한잔해."

"……."

"왜 그런 얼굴이야? 내가 고작 그런 여자 하나가 움직이는 것을 몰랐을까 봐?"

마야는 입술을 깨물었다.

공손천기의 말이 맞았던 것이다.

그는 화경의 고수.

야율소하가 마야의 감각은 어찌어찌 속였다고 하더라도 공손천기의 초감각까지 속이는 것은 불가능했다.

"내가 그 여자를 말렸어야 했다고 말하는 표정이네."

마야는 고개를 끄덕였다.

그랬어야 했다.

지금 그녀는 공손천기가 원망스러웠다.

갑자기 너무 많은 일들이 있어서 잠시 마음을 놓았더니 이런 일이 생겨 버렸다. 평소에 감정 변화가 거의 없던 마야였기에 이런 혼란스러운 상황에서는 더욱 동요가 컸다.

단번에 그녀의 속마음을 읽은 공손천기는 자리에서 일어나 마야에게 다가갔다.

"넌 언제까지 그 여자 보모 노릇을 해 줄 생각이지?"

"……주인님은 절 구해주신, 생명의 은인입니다."

사막에서 서서히 말라 죽어 가고 있는 마야를 야율소하가 주워서 보살펴 주고, 무공까지 가르쳐 주었다.

구명지은(求命之恩, 목숨을 구해 준 은혜)은 목숨으로 갚아야 했다.

"그래서? 그동안 해 온 것으로 부족하니까 앞으로도 계속 은혜 갚기를 해야겠다?"

마야가 말없이 진지하게 공손천기를 바라보았다.

적어도 마야는 은혜가 뭔지 아는 사람이었다.

그랬기에 그녀는 지금 야율소하가 있는 곳을 알아내야 했다.

"그 여자가 왜 그렇게 천방지축이 된 건지 이제야 알겠다."

공손천기는 마야에게 다가가 그녀의 손목을 잡아채서 당기며 낮은 음성으로 말했다.

"안하무인에 천방지축인 여자다, 네 주인은. 그리고 그 여자를 그렇게 만든 건 네 탓이 가장 크다."

"⋯⋯."

"어리광을 무조건 다 받아주고 감싸주는 게 은혜 갚기라고 착각하지 마라. 네가 정말 은혜 갚기를 하고 싶었으면 그 여자를 본인의 행동에 책임을 질 수 있는 사람으로 만들었어야 했다."

"⋯⋯!"

공손천기의 말에 마야의 동공이 크게 흔들렸다.

공손천기가 내뱉는 말에는 묵직한 진심이 실려 있었고, 그것은 마야의 마음을 아프게 헤집어 놨다.

"네가 그동안 해 온 것은 자기만족에 가깝지. 하지만 본인들은 그걸 알 수가 없었을 거다. 그래서 이번 기회에 일부러 떨어트려 놓았다. 이제라도 잘못된 건 고쳐야 하니까."

공손천기는 혼란스러운 표정의 마야를 보며 슬쩍 웃어주었다. 그리고 찻잔을 들고 와 내밀며 말했다.

"일단 마셔. 그리고 기다려라. 나는 널 좋아하는 만큼 그 여자에게 가지고 있는 네 책임감도 무시하고 싶지 않거든.
하지만 그 여자를 대할 방법은 이제부터 내가 정해야 할 것
같다.”

마야는 공손천기가 자신의 인생에 본격적으로 끼어들 생
각인 것을 이번 대화로 확실히 알았다.

본래라면 불편했을 것이다.

평소의 마야라면 이런 일에는 거부감이 들었을 테니까.

누군가에게 피해를 주고 싶지도 않았고, 도움을 받고 싶
지도 않았다.

‘하지만…….’

지금은 이상하게 안도감이 먼저 들었다.

그건 아마도 공손천기가 내뱉는 말에 담겨 있는 강한 확
신 때문인 것 같았다.

게다가 그의 말은 틀리지 않았던 것이다.

‘정말 자기만족일지도 모르겠다.’

마야는 아랫입술을 깨물었다.

그동안 야율소하가 사고를 치고 이래저래 스스로의 직위
나 권력을 이용해서 분탕을 쳐도 마야는 그녀를 감싸기에
급급했다.

항상 뒷수습은 마야의 몫이었고, 야율소하 역시 그것을
너무도 자연스럽게 생각했다.

'그건…… 분명 잘못된 일이었다.'

야율소하가 철없는 행동을 했을 때 꾸짖어 줬어야만 했다.

그게 그녀를 진정으로 위한 행동이었으니까.

그랬다면 야율소하 역시 사리분별을 할 줄 아는 사람으로 자랐을 것이다.

야율소하가 그동안 천방지축으로 날뛰었던 이유가 어쩌면 본인 때문일지도 모른다고 생각하니 마야의 얼굴은 급격하게 어두워졌다.

그녀는 공손천기가 건네는 찻잔을 받아 들고 입가로 가져가며 평소의 무덤덤한 표정으로 창밖을 응시했다.

'일단 기다려 보자.'

공손천기가 이렇게 자신 있게 말을 했으니 분명 무언가 해 줄 것이다.

그는 그럴 힘이 있는 사람이었으니까.

공손천기라는 사람은 이상한 믿음을 갖게 만드는 묘한 사람이었다.

第九章

마음가짐

공손천기와 마야.

그들 일행은 서둘러 마차를 타고 사천성을 넘어가기 시작했다.

사천성은 기본적으로 산악 지형이 많아서 금방 넘어가기 힘들지만, 그들은 전부 다 무림인이었기에 일반적으로는 마차가 지나가기 어려운 곳도 무난하게 지나쳤다.

사천성부터는 이동 속도가 빨랐는데 그 이유는 간단했다.

천마신교와 본격적으로 정보를 주고받게 되었기 때문이다. 그동안 천마신교 역시 정보전의 필요성을 깨닫고 정보원들을 육성해 왔는데 그들이 힘을 발하는 곳이 바로 사천성이었던 것이다.

'그래, 딱 사천성까지만 그렇겠지.'

이번에 중원을 넘나들며 공손천기는 확실하게 느꼈다.

천마신교는 정보 면에서 너무 느리다는 사실을.

중원은 넓고, 천마신교는 중원 바깥에 있기 때문에 정보가 느린 것은 어쩌면 당연했다.

하지만 그런 이유가 있다고 해서 중요한 약점을 그냥 '납득'한다는 것은 한 단체를 이끌고 있는 수장이 할 생각은 아니었다.

'해결 방법이 필요하겠군.'

정보를 수집할 범위가 보다 넓어질 필요가 있었다. 조금 더 넓고 다양한 곳에서 정보를 손에 쥐고, 그것들을 전문적으로 분석할 수 있는 기관이 필요했다.

공손천기는 천마신교에 복귀하게 되면 조금 더 확실하고 전문적인 정보 단체를 육성할 생각이었다.

적어도 중원에서 벌어지는 큰 사건이나 흐름 정도는 면밀하게 파악할 수준이 되어야 하니까.

"그래서 사형이 직접 마중을 나오시겠다고 적혀 있다고?"

『그렇습니다, 교주님.』

비마대주 비영.

그는 수하가 가져온 암호문을 해석해 공손천기에게 알려

준 후 속으로 한숨을 내쉬었다.

'드디어 난 제자리를 찾았다.'

그동안 마라천풍대라는 말도 안 되는 극강한 고수들 틈바구니에서 비영은 숨죽이고 지내왔다.

그들이 시키는 일들을 하거나 뒤치다꺼리를 하며 시간만 보내온 것이다.

이유는 간단했다.

비영이 그들 중에서 가장 무공이 떨어졌기 때문이다.

'후후, 그래도 괜찮아. 애초에 내 장점은 정보 수집과 분석이었으니까. 힘쓰는 건 다른 사람들이 할 일이지.'

비영도 절정 고수였지만 마라천풍대 앞에서는 본인이 감히 숨소리도 함부로 흘릴 수 없을 만큼 약한 취급을 받았다.

천마신교의 보통 무인이었다면 자존심에 큰 상처를 입거나 스스로를 담금질하겠지만 비영은 달랐다.

그는 오히려 자신을 약자 취급하는 마라천풍대의 틈에 껴서 그들의 정보를 하나하나 소상하게 파악하려고 한 것이다.

'흑사자가 주축이 된 무력 집단…… 지금까지만 하더라도 천마신교 전체를 통틀어 최강일 게 분명하다.'

소수 정예.

비영은 그동안 그들의 무력을 하나하나 파악해서 은밀하게 기록으로 남겨 놓고 있었다. 나중에 분명 어떤 식으로든 도움이 될 것이라는 생각에서였다.

그러다가 사천성에 들어서면서부터는 비영도 어깨에 제법 힘을 주고 다닐 수 있게 되었다. 이곳부터는 비마대의 정보원들이 활발하게 움직이고 있었으니까. 덕분에 사방에서 벌어지는 수상한 움직임들에 대해서 비영은 거의 정확하게 알 수 있었다.

'이제 좀 밥값을 하는 기분이네.'

비영은 본인의 머릿속에 떠오른 잡념들을 황급하게 지우며 다시금 조심스럽게 입을 열었다.

『첫째 공자님에 대한 정보가 들어왔습니다.』

여러 가지 복잡한 생각에 잠겨 있던 공손천기의 고개가 단번에 마차 창가 쪽으로 홱 돌아갔다.

천마신교의 첫째 공자 전윤수의 정보에 대해 새롭게 들어온 소식이 있다는 것.

이건 너무도 당연히 공손천기의 관심을 끌 수밖에 없었다.

헌데 공손천기의 반응은 당초 비영이 예상했던 것보다 더욱 격렬했다.

"들어와서 말해라."

창가에 매달려 전음으로 보고하고 있던 비영은 잠깐 마른침을 삼키고 조심스럽게 창문을 열고 안으로 들어섰다. 그는 바닥에 납작 엎드린 채 공손천기를 향해 조용히 입을 열었다.

"첫째 공자님의 행적을 찾아냈습니다."

"어디 있지?"

그 정보를 어떻게 알아냈는지, 거기에 얼마만큼의 노력이 들었는지는 물어보지 않았다.

그저 지금 공손천기의 모든 관심은 전윤수 그 자체에 쏠려 있었던 탓이다.

"첫째 공자님은 지금 서문세가에 계십니다. 그곳에서 빈객(賓客, 귀한 손님)으로서 대우를 받으며 잘 지내고 계셨습니다."

"……."

공손천기는 침묵을 지켰다.

그리고 그 침묵은 비영을 무척이나 괴롭게 만들었다.

누가 봐도 공손천기는 무척이나 불쾌한 표정을 짓고 있었으니까.

'뭐지? 잘못 보고한 게 있었던가?'

비영이 자신의 보고를 곰곰이 되돌아보고 있을 때 공손천기가 볼을 씰룩거리다 말했다.

"잘 지내고 있다고 했느냐? 사형이?"

"……예."

그제야 비영은 어디에서 공손천기가 불쾌했는지 짐작할 수 있었다.

너무 늦었지만…….

"그 망할 사형이 사고란 사고는 잔뜩 쳐 놓고 지금 혼자서 팔자 좋게 놀고먹고 있다는 말이지?"

"……그렇습니다."

팔자가 좋은지 아닌지까지는 정확하게 잘 모른다. 하지만 적어도 겉으로 보이는 모습은 무척이나 좋아 보인다는 보고였다.

그러니 비영으로서는 공손천기의 물음에 순순히 대답할 수밖에 없었다.

지금처럼 공손천기가 불쾌한 상황에서 '사실 거기까지는 잘 모르겠습니다'라고 보고할 용기가 비영에게 없었던 것이다.

다시금 무거운 침묵이 흐르고 비영이 식은땀을 한 바가지 쏟아 냈을 즈음.

공손천기는 갑자기 피식 웃으며 상체를 마차 좌석에 파묻고 말했다.

"뭐, 그래도 다행이군. 마음 같아서는 어디 가서 광산 노예처럼 부려 먹혔으면 했지만…… 서문세가라면 적당히 부려 먹어 주겠지."

"……."

"수고했다. 그러고 보니 거기까지 알아내느라 비마대의 인원들도 고생이 많았겠군."

이건 영역 바깥에서 벌어진 일이었다.

사천성 바깥에서의 일.

그렇기에 그것을 알아내기까지 분명 비마대의 역량을 벗어난 고생과 험난함이 있었을 것이다.

"천마신교에 복귀하면 따로 그 부분에 대한 보상이 있을 거다. 너도 가서 쉬어라."

"존명!"

비영은 서둘러 예의를 갖춘 후 마차를 빠져나가 지붕 위에서 은신했다.

그의 주군은 역시 종잡을 수 없었다.

불쾌해 보였는데 어쩐 일인지 금방 기분이 좋아졌던 것이다.

'이런 종류의 상관들이 제일 어려운데…….'

기분이 좋고 나쁘고가 들쑥날쑥한 사람이 상관이면 밑의 사람들은 그만큼 힘들어질 수밖에 없었다.

비영은 스스로의 앞날을 걱정하며 마차 위에서 속으로

한숨을 내쉬었다.

그가 그러거나 말거나 공손천기는 오랜만에 듣게 된 전윤수의 소식에 속으로 기뻐하고 있었다.

'잘 지내시는 모양입니다, 사형.'

그가 벌여 놓은 사건들 덕분에 엉뚱한 일에 연루되어 무척이나 일이 어려워질 뻔했다. 당연히 화도 나고 그에 합당한 대가를 치러 줘야 함이 마땅했지만 공손천기는 모두 털어 넘겼다.

'언젠가 만날 일이 있을 겁니다, 사형.'

살다 보면 분명 언젠가는 만나게 될 것이다.

그때 지금 일에 대한 모든 보상을 받아내면 되었다.

그가 그렇게 생각하고 있을 때 마야가 입을 열었다.

"주인님에 대한 소식은…… 없었습니까?"

맨 처음 전음으로 보고했던 부분에 대해 마야로서는 알 길이 없었다.

그래서 이렇게 물어본 것이다.

공손천기는 마야의 질문을 받고 그녀를 똑바로 바라보며 말했다.

"걱정 마라. 예상대로 진행되고 있으니까. 곧장 사막으로 가고 있던 모양이더군. 덕분에 거기까지는 우리와 이동 경로가 겹친다. 우리가 열심히 뒤따라가고 있는 중이지."

"사막……."

마야의 안색이 흐려졌다.

그곳은 지금 야율소하에게 그다지 희망이 없는 땅이었
다.

야율무제 사망 이후, 분명 적풍단 내부에서 그에 걸맞은
숙청들이 벌어졌을 테니까. 야율소하의 남자 형제들은 이
미 죽거나 노예로 팔렸을 것이고, 여자 자매들 역시 그것에
준하는 비참한 생활을 하고 있을 가능성이 높았다.

'그런 곳으로 가는 것입니까, 주인님…….'

대체 어떤 희망을 품고 거기로 돌아가는 것일까?

마야의 마음이 점점 더 복잡해지기 시작했다.

"아무 생각 말고 기다려라. 분명 다른 해답이 있을 테니
까."

공손천기는 그렇게 마야의 흐트러지려는 마음을 다독인
후 마차 구석에서 느긋하게 잠자고 있는 초위명을 힐긋 보
았다.

'파순…… 그놈이 다시 봉마의 땅이 있는 곳으로 돌아갔
다라…….'

초위명 저 인간은 그다지 마음에 들지 않는 부류의 인간
이었다. 하지만 마음에 들지는 않아도 실력 하나는 확실했
다.

공손천기로서는 별로 내키지 않았지만 저놈과 연합해서 파순을 없애 버릴 생각을 하고 있었다.

그런데 지금 공손천기의 머릿속을 어지럽히는 것은 딱 하나였다.

'왜 그놈이 다시 그곳으로 돌아간 거지?'

이건 이해가 되지 않는 부분이었다.

파순이 대체 무슨 생각으로 그곳으로 간 것일까?

부처가 만들어 놓은 봉인의 땅인데…….

파순의 입장에서는 분명 좋지 않은 기운이 가득한 땅인데 그곳으로 돌아간 것이다.

'뭐, 직접 놈을 만나 보면 알게 되겠지.'

그랬다.

지금은 복잡하게 무언가를 생각할 필요가 없었다.

직접 가서 부딪쳐야 할 일들만 남아 있었다.

공손천기는 그렇게 머릿속의 혼란스러움을 한켠으로 미뤄 두며 눈을 감았다.

조금 정도는 제대로 쉬어 둘 생각이었다.

          *   *   *

"……이, 일어나셨는가?"

"……."

"눈을 뜨는 걸 보니 정신이 드는 모양이구만. 다행일세. 정말 다행이야!"

늙은 노인은 손에 들고 있던 침을 탁자에 내려놓으며 훌쩍거렸다. 동네의 평범한 의원이었던 그는 어느 날 갑자기 들이닥친 불한당에게 납치를 당해서 이곳에 있는 환자를 돌봐야만 했다.

갑자기 자신을 납치해서 협박했던 무사가 너무 무섭고 겁났던 것도 있었지만, 늙은 의원은 눈앞에서 죽어 가고 있는 환자를 보고 그 모든 공포를 극복할 수 있었다.

환자를 살리기 위해 정말로 전심전력을 다해 애를 썼던 것이다. 그리고 시체처럼 죽어 가던 사내가 결국 열흘 만에 눈을 떴다.

"이제 나는 돌아가도 되겠구먼."

늙은 노인은 안도의 웃음을 지으며 자리에서 일어났다.

순간 휘청거리며 쓰러질 뻔했지만 노인은 이마에 흐르는 식은땀을 닦아내며 천천히 고개를 끄덕였다.

고단한 만큼 보람도 컸기 때문이다.

의원이 바깥으로 나가자 침대에 누워 있던 사내, 자혁이 잠시 고요한 시선으로 주변을 둘러보았다.

아무것도 특별할 것 없는 소박한 숙소의 침상.

그곳에 그는 전신에 침을 가득히 박은 상태로 누워 있었다.

'……나는 살아난 것인가.'

화산파의 고수들의 협공을 받고 죽기 직전까지 갔던 게 그의 마지막 기억이었다. 그 다음에 시우에게 복부를 맞고 단전이 박살 날 것 같은 고통과 함께 정신이 번쩍 들었다. 하나 마차에 던져지고 나서부터는 제대로 기억이 없었다.

'나를 구한 거냐, 시우…….'

어째서 그랬을까?

왜 자신을 구했을까?

분명 자혁은 복수를 위해 시우를 찾아왔고, 시우 역시 그 사실을 잘 알고 있었을 것이다.

지금 상태의 자혁은 시우에게 상대도 되지 못했겠지만 거추장스럽고 귀찮은 존재가 될 수는 있었다.

'그런데도 나를 살렸다…….'

자혁은 풀린 동공으로 천장을 바라보다가 손을 들어 눈을 가렸다.

허망했다.

복수도 덧없이 느껴졌고, 살아 있음도 허무할 따름이었다.

'나는 이제 무얼 해야 하지…….'

그동안 그를 붙잡아 두고 있던 복수라는 것이 헛되게 느껴지자 자혁은 모든 것에 의욕을 잃어 버렸다.

　그가 그렇게 멍하게 있을 때, 잠시 나갔던 늙은 의원이 조심스러운 표정으로 다시 돌아와 입을 열었다.

　"아, 맞다. 자네에게 어떤 사람이 말을 좀 전해 주라고 했네."

　"……?"

　자혁이 의아한 얼굴을 하고 있을 때 늙은 의원이 주변 눈치를 살피다가 헛기침을 한 후 입을 열었다.

　"자네가 정신을 차린다면 토씨 하나 틀리지 말고 그대로 전해 달라고 했네. 별로 내키지는 않지만 보상을 받았으니 그대로 전해 줌세."

　자혁은 상체에 힘을 줘서 몸을 일으켰다.

　전신이 나른하고 힘이 빠졌지만 지금 이것은 똑바로 일어나서 들어야 한다고 여긴 것이다.

　늙은 의원은 자혁이 갑자기 몸을 일으키자 움찔했지만 곧 조심스러운 태도로 입을 열었다.

　" '살아 있으면 언젠가는 만나게 되겠지. 그리고 네가 강해진다면 언제든지 다시 찾아와라. 자신감이 붙으면 얼마든지 덤벼도 좋으니까.' 라고 전해 달라더군."

　"……."

"거참…… 이 나이에 이런 말을 하게 될 줄이야…… 쑥스럽구먼. 허허허…….

늙은 노인은 민망한 표정을 해 보이다가 다시 천천히 바깥으로 빠져나갔다. 그리고 하녀가 들어와서 자혁에게 죽을 건네주었다.

그것을 멍하게 바라보던 자혁은 하녀를 물리고 자리에서 완전히 일어섰다.

'시우…….'

이렇게 숙소를 마련하고 의원과 하녀까지 붙여 준 것은 그놈이 분명했다.

어째서 이런 짓을 한 것일까?

여러 가지 복잡한 생각들이 머릿속을 스쳤지만 자혁은 머리를 흔들어 잡념들을 털어 냈다.

결국 한 가지 생각이 머릿속에 가득해졌기 때문이다.

'녀석에 대해서 다시 생각해 봐야 아무런 의미가 없다.'

그랬다.

시우 녀석이 자신의 뒤를 봐준 이유.

그런 것을 일일이 생각해 봐야 지금은 아무런 의미가 없었다. 여기에 어떤 의미를 부여하려면 적어도 시우만큼은 강해진 다음에 생각해 봐야 할 것이다.

'그러고 보면 나에게는 아직 살아야 할 이유가 있다.'

시우에 대한 복수 때문에 잠시 잊고 있었지만 자혁에게는 아직 살아야 할 이유가 있었다.

그는 돌아가야 할 곳이 있었으니까.

'지금 돌아가겠습니다, 주군.'

그의 주군 전윤수가 지금 그를 기다리고 있었던 것이다.

비록 복수를 이루지는 못했지만 자혁은 전윤수의 곁을 떠날 때보다 한결 밝아진 얼굴을 해 보였다. 그동안 마음속을 짓누르고 있던 압박감이 어느 정도 해소가 되었기 때문이다.

그는 하녀가 놓고 간 죽을 들어 한 숟갈 입으로 가져가며 미소 지었다.

'언젠가는 반드시 다시 찾아가겠다, 시우.'

그 녀석의 말처럼 살아 있으면 언젠가는 마주치게 될 것이다.

그리고 그렇게 마주치게 되었을 때.

자혁은 시우에게 부끄럽고 싶지 않았다.

'두고 봐라, 시우.'

전보다 반드시 더 강해져야 하는 이유가 생겨 버렸다.

그리고 자혁은 앞으로 얼마든지 더 강해질 수 있었다.

이제부터 그가 돌아갈 곳에는 천하에서 가장 위대한 무인 중 한 명인 그의 주군 전윤수가 있었으니까.

자혁은 그렇게 굳게 각오를 다지며 평소에 짓지 않았던 미소를 입가에 그렸다. 그건 분명 어색하고 작은 변화였지만 자혁에게 있어서는 가장 큰 마음의 변화였다.

*   *   *

마리아 데 메디치.

그게 마야의 본래 이름이었다.

그리고 현재는 버려 버린 이름이기도 했다.

마야의 과거는 사실 그다지 아름답지 못했다.

고국에서 최고로 명망 있는 가문의 사생아로 태어난 마야는, 그 출신 성분과 여자라는 이유 때문에 평생 그림자 속에서 숨어 살아야만 하는 운명이었다.

그래도 지금 와서 생각해 보면 그렇게 숨어살 때가 차라리 행복했다. 소박하나마 그녀를 진심으로 아끼는 어머니와 살 수 있었기 때문이다.

마야에게 진짜 불행이 찾아온 것은 그녀 스스로가 '진안'의 능력을 각성했을 때부터였다.

　"네 눈은 무척 특별하다. 우리 가문에 없어선 안
　될 능력이구나."

당시 그녀의 능력은 여러모로 쓸모가 많았다.

사물의 진실을 보는 눈.

단순히 생각하면 그것은 가짜와 진짜를 구별하기 쉽다는 뜻이기도 했다.

한창 문화와 예술이 부흥하던 시기였기에 가문의 사람들은 그녀의 능력에 욕심을 부렸다.

그녀의 능력은 쉽게 말해서 '돈이 되는' 능력이었으니까.

가문 내부는 물론이고 외부에서도 어린 마야를 차지하기 위해 은밀한 뒷거래와 원초적인 폭력이 난무했다. 그런 피웅덩이와 욕망의 소용돌이 중심에서 마야는 어린 시절 전부를 보내야만 했다.

공손천기는 새벽에 들린 잔뜩 억눌린 신음 소리에 눈을 떴다. 그리고 걱정스러운 마음에 한달음에 마야의 방을 찾았다.

"……무슨 꿈을 꾸는 거지?"

공손천기는 아무것도 하지 못하고 한동안 마야를 지켜보기만 했다.

평소에 늘 침착하고 이성적인 판단을 유지하기 위해 애쓰던 마야.

그런 그녀가 대체 무슨 꿈을 꾸기에 저렇게 힘들어 하는 걸까?

공손천기는 잠시 고민하다가 천천히 손을 뻗어서 자고 있는 마야의 이마에 손을 올렸다. 그리고 가만히 그녀의 꿈 속으로 들어가 보기 시작했다.

어린 마야는 팔다리에 쇠고랑을 찬 상태로 수없이 많은, 똑같이 생긴 예술 작품들을 들여다보고 있었다.

진짜와 가짜를 분별하고 있는 것이다.

그리고 어린 그녀의 선택에 따라서 가짜 모조품을 가지고 온 사람들은 그 자리에서 즉시 팔다리가 잘려 나가거나 목이 떨어져 나갔다.

마야는 시체처럼 죽은 눈빛을 한 채 그 광경을 지켜보고만 있었다.

"잘했다."

"……."

어린 마야는 칭찬을 받아도 별다른 표정의 변화가 없었다. 그저 바깥으로 실려 나가는 사람들을 물끄러미 지켜볼 뿐이었다.

그런 일이 계속해서 반복되었다.

하루에도 수십 번씩 반복되는 일상.

처음에는 꺼리거나 두려워하기도 했지만, 이내 마야의 얼굴에서 빠른 속도로 감정 변화가 사라지기 시작했다.

"그쪽이나 이쪽이나 다를 바 없는 지옥이로군."

인간 세상 어디든 똑같았다.

모두가 처절한 욕망으로 움직이는 것이다.

공손천기는 팔짱을 끼고 어린 시절의 마야를 지켜보았다.

어느덧 빠른 속도로 장면이 바뀌고 성장한 마야가 팔다리의 쇠고랑을 풀고 도주하기 시작했다.

목숨을 걸고 자유를 찾아 사막을 넘으려 한 것이다.

그러다 사막 한가운데를 넘어가던 도중에 마야가 우뚝 멈춰 섰다.

그리고 뒤를 돌아보았다.

공손천기는 자신을 똑바로 바라보는 마야와 시선을 정확하게 마주쳤다.

둘은 한동안 침묵했고, 먼저 입을 연 것은 공손천기였다.

"……걱정이 되어서 와 봤다."

"……."

마야의 무덤덤한 얼굴에 한줄기 복잡함이 떠올랐다.

늘 오만하고 자신감 넘치던 공손천기의 음성에서 정말로 염려하는 기색이 묻어났던 것이다.

그제야 마야는 공손천기가 자신의 꿈속으로 들어온 것을 확실하게 알았다.

'언제부터 본 것일까?'

별로 보이고 싶지 않은 치부를 들켜 버렸다.

마야가 공손천기를 향해 살짝 원망 어린 시선을 던질 때 공손천기가 성큼성큼 마야에게 걸어갔다.

그리고 그녀의 정면에 바짝 다가섰다.

"……."

마야가 화석처럼 굳어 있자 공손천기는 그녀와 눈높이를 맞췄다. 걱정이 담긴 공손천기의 시선에 마야는 고개를 옆으로 돌리며 작게 말했다.

"……저는 자유롭고 싶었습니다. 그래서 도망쳤어요."

마야의 중얼거림에 공손천기는 고개를 끄덕였다.

그리고 그녀를 가볍게 끌어당겨 안았다.

마야가 그 갑작스러운 행동에 눈을 크게 뜬 순간 공손천기가 입을 열었다.

"이곳이나 그곳이나 그다지 다름이 없다. 인간 세상 어디든 아귀다툼 속이니까."

"……."

그랬다.

마야가 목숨을 걸고 찾으려던 자유는 사막에도 없었다.

그곳 역시 그녀가 예전에 있던 곳과 크게 다르지 않은 세상이었다. 오히려 사막은 아직도 원초적인 폭력이 존재했기에 더욱 무섭고 살벌한 곳이었다.

사막에서 야율소하를 만나지 못했더라면 그녀는 어떻게 되었을까?

그 이후를 상상하는 것만으로도 마야는 끔찍한 기분이 들었다.

"어쩌면 네가 찾으려 한 자유는 세상 그 어디에도 없을지도 모르지. 그런 건 사막의 신기루와 같은 거니까."

"……"

마야의 얼굴이 어두워졌다.

공손천기의 말이 맞았던 것이다.

이 세상 어디에도 완전한 자유는 없었다.

그때 그녀를 안고 있던 공손천기가 피식 웃으며 말했다.

"조금 미안한 말이지만 나는 네가 그 죽을 고생을 하며 사막을 넘어와서 참 다행이라고 생각하고 있다."

"……"

"중간 과정은 제법 고통스러웠지만 이제 그럴 일은 없을 거다, 마야. 이젠 내가 지켜 주마."

공손천기의 음성에는 자신감이 넘쳤고, 그것은 듣는 사람으로 하여금 어떤 믿음을 갖도록 만들었다.

마야는 갑자기 자신의 심장이 쿵쾅거리는 것을 느꼈다.

거기에 더해서 귓가에 들리는 공손천기의 음성이 너무도 따뜻하게 전해져 왔다.

"지금부터는 내 옆에 꼭 붙어 있어라."

"……."

"거절해도 상관없다. 난 널 놓아 줄 생각이 전혀 없으니까."

마야는 멍한 기분이었다.

아까부터 심장 소리가 너무 크게 들리는 것도 그렇고, 공손천기의 직접적인 고백에 정신이 없어진 것도 그랬다.

그래서일까?

그때까지 어정쩡한 자세로 공손천기에게 안겨 있던 마야는 자신도 모르게 천천히 손을 들었다. 그리고 조금 머뭇거리다가 공손천기를 살짝 마주 안았다.

그렇게 포옹한 상태로 그녀는 가만히 눈을 감았다.

'편안하다…….'

태어나 처음 느껴보는 설렘이나 두근거림도 무척이나 좋았지만, 마야에게는 이 편안한 감정이 그 무엇보다 좋았다.

그동안 항상 쫓기거나 도망치기만 하던 삶이었으니까.

마야는 그렇게 공손천기를 가볍게 안은 상태로 오랜만에 느껴보는 편안함에 안도했다.

그리고 깊은 잠에 빠져들기 시작했다.

*　　　*　　　*

시우는 며칠 동안 야율소하의 뒤를 쫓으며 엉망이 된 자신의 몰골을 보고 한숨을 내쉬었다.

'이번에는 그래도 씻을 수 있겠네.'

오랜만에 야율소하가 객잔에 들렀던 것이다.

시우도 가만히 기회를 엿보고 있다가 따라 들어가려는데 객잔 안에서 흘러나오는 목소리에 오만상을 다 찌푸렸다.

'뭐야, 이 여자? 설마 돈도 안 가지고 나왔던 거야?'

그랬다.

야율소하는 돈을 한 푼도 안 가지고 나왔던 것이다.

그래도 그녀는 당당했다.

자신이 끼고 있던 금반지 하나를 빼내어 객잔 주인에게 주며 말했다.

"이거면 되겠지?"

"아이고! 물론이죠, 손님. 저희 가게는 현물도 받고 있거든요."

객잔 주인은 금반지를 덥석 챙겨 받은 다음 한 번 살짝 깨물어 보더니 눈을 반짝였다.

"가장 좋은 방으로 모시겠습니다, 손님."

"먹을 것도 좀 올려다 줘. 최대한 빨리."

"알겠습니다, 손님. 사천 지역 최고급 요리로 모시겠습니다. 헤헤헤."

살이 투실투실하게 찐 객잔 주인은 손바닥을 빠르게 비비적거리며 야율소하를 후원에 있는 방으로 안내했다.

시우는 그 모습을 멀리서 지켜보며 낮게 감탄했다.

'역시 금전 감각이 아주 형편없구나!'

저 금반지를 하나를 판 돈이면 이런 객잔에서 적어도 한 달 정도 놀고먹으며 머무를 수 있을 것이다.

시우는 자기 반지도 아니면서 잠시 동안 아까워 죽을 것 같은 얼굴을 해 보였다. 그러다 한숨을 내쉬며 고개를 저었다.

'이럴 때가 아니지.'

어찌 되었건 지금은 그도 쉬는 게 우선이었다.

시우는 야율소하가 사라진 방향을 힐긋 바라보면서 은신을 풀고 객잔 안으로 들어서려 했다.

그러다가 멈칫하며 어딘가를 바라보았다.

'이건……'

누군가가 어둠 속에 숨어서 야율소하를 관찰하고 있었다. 그녀가 객잔 안으로 갑자기 들어가 버리자 급하게 따라 이동하다가 기척이 조금 새어 나온 것이다.

잠시 그 기척을 쫓아서 상대를 확인하던 시우는 자신도 모르게 피식 웃었다.

'호오? 이것 봐라?'

은신해 있는 사람은 비마대였다.

구체적으로 어떻게 설명할 수 있는 건 아니었지만, 이들이 희미하게 흘리고 있는 기운이 비마대주 비영과 아주 흡사해서 단번에 알아본 것이다.

『비마대원입니까?』

시우가 전음으로 불쑥 묻자 어둠 속에 숨어 있던 인영이 화들짝 놀라며 소매에 손을 가져갔다. 그는 사방을 두리번거리며 시우의 흔적을 찾기 시작했다.

발견 즉시 죽이려는 생각인지 은근한 살기가 묻어나왔다.

『전 시우라는 사람인데 제가 누군지 아십니까?』

시우라는 이름에 비마대원의 움직임이 잠시 움찔거렸다. 그러다 곧 침착하게 고개를 끄덕였다.

더불어 희미하게 흘러나오던 살기가 사라졌다.

시우는 상대방의 경계심이 누그러들자 슬쩍 자신의 기척을 흘려 주었다. 그러자 상대방이 시우가 있는 방향을 바라보다가 공손하게 예를 갖추며 입을 열었다.

『비마대원 주리호가 마라천풍대주님을 뵙니다.』

마라천풍대주.

그 직위가 무척이나 낯설게 느껴졌기에 시우는 잠시 어색한 얼굴로 볼을 긁적였다. 그러다 고개를 저으며 정신을 차린 후 입을 열었다.

『부탁을 하나 해도 되겠습니까?』

『당장 맡고 있는 임무에 지장이 없는 것이라면 가능합니다, 대주님.』

임무라는 단어에 시우는 고개를 갸웃거렸다.

그러다 무언가를 떠올리고 눈을 깜빡였다.

『임무요? 설마 야율소하를 관찰하는 게 그쪽의 임무입니까?』

『……그렇습니다, 대주님.』

본래라면 그 누구에게도 임무에 대해 발설하지 않는 게 기본 원칙이었지만, 어차피 시우가 눈치챈 마당이었고 그의 직책도 감안해서 그냥 솔직하게 말했다.

시우는 잠시 고민하다가 입을 열었다.

『누구의 지시로 그녀를 감시하는지 알 수 있겠습니까?』

『제가 맡은 지역에서 특이점이 있으면 지속적으로 감시하라는 것이 상부의 명이었습니다.』

야율소하의 뒤를 쫓은 건 딱히 위에서의 명령이나 지시

없이 주리호 자체적으로 내린 판단이었다. 때문에 시우가 보았을 땐 조금 납득이 되지 않는 구석이 있었지만 어차피 맡은 일이 다르니 더 이상 깊게 물어보지는 않았다.

각자 맡은 바 임무가 다른 거니까.

『제가 부탁드릴 건 사실 그쪽에게 별로 어려운 일이 아닐 겁니다. 그냥 다음에 본 교에 연락하실 때 제 소식도 좀 전해 주셨으면 해서요.』

시우는 자신이 그동안 어떻게 지냈는지를 구구절절하게 말했다.

주로 얼마나 힘들었는지를 강조하는 그 긴 하소연과 불평불만을 주리호는 묵묵하게 들었다. 그리고 시우의 말이 끝나자 공손하게 고개를 숙이며 말했다.

『그럼 다음 연락을 보낼 때 말씀하신 내용을 본 교에 전해 드리겠습니다.』

『꼭 좀 부탁드립니다.』

『알겠습니다. 마라천풍대주님.』

마라천풍대주.

다시 듣는 말이었지만 이번에는 어색하기보다는 묘하게도 기분 좋은 느낌이 더 컸다. 그래서 시우는 자신도 모르게 슬쩍 웃으며 손을 흔들어주었다.

『전 그럼 객잔에 들어가 보겠습니다. 계속 수고하세요.』

『예.』

주리호가 다시금 은신을 하며 기척을 지우자 시우는 모습을 드러내서 흥얼거리며 객잔에 들어섰다.

"어서 옵……쇼?"

"방 있겠죠?"

"……방이야 있는데……."

먼지를 잔뜩 뒤집어쓴 꾀죄죄한 몰골.

그나마 야율소하는 말이라도 타고 객잔에 들어섰지, 시우가 말 그대로 빈 몸뚱이로 아무것도 없이 안에 들어서자 객잔 주인의 태도는 사뭇 위압적이었다.

"동냥을 할 거면 문 앞에서 해야지, 이거 아주 기본 상도덕이 없는 놈이로구만?"

객잔 주인이 시우의 행태에 인상을 찌푸리며 나가라는 시늉을 해 보였다.

시우가 그 행동에 입을 살짝 벌리고 실실 웃었다.

그리고 야율소하의 행동을 조금이나마 이해해 버렸다.

'역시 가진 놈이 최고인 세상이다.'

조금 전까지 야율소하의 낭비벽을 욕하던 시우는 잠시 동안 그녀의 행동을 긍정적으로 평가하며 소매에 손을 넣었다.

돈을 꺼내려 한 것이다.

그때 객잔 주인이 먼저 동전 한 개를 꺼내어 시우에게 던져 주며 말했다.

"이걸 받고 밖에 나가서 빗자루로 입구라도 좀 쓸고 가. 세상에 공짜는 없는 법이니까."

팅—

데구르르—

동전이 굴러 시우의 발치에 떨어졌다.

시우는 자신의 발치에 떨어진 동전을 물끄러미 바라보다가 피식 웃었다. 그리고 그것을 주워서 소매에 넣으며 말했다.

"여긴 참 좋은 곳이군요. 아직 세상은 살 만한가 봅니다. 마음이 훈훈해지네요."

"쯧, 그렇게 칭찬해도 더는 못 줘. 나도 먹고 살아야지."

시우는 고개를 끄덕였다.

그리고 물었다.

"근데 여기 방값이 하루에 얼만가요, 점주님?"

"동전 열 문이지. 식사를 포함하면 그 두 배를 내야 하고."

이건 바가지였다.

본래는 저것의 절반이면 충분할 터.

하지만 객잔 주인이 한껏 거드름을 피우며 말하자 시우는 순순히 고개를 끄덕이며 감탄해 주었다. 그리고 차분한 표정으로 품에서 동전 스무 개를 꺼내어 탁자에 올려놓았다.

그러자 객잔 주인의 표정이 대번에 바뀌었다.

"아이고~ 손님, 제가 그만 결례를 범했습니다!"

스스로의 머리를 가볍게 때리며 말하는 객잔 주인에게
시우는 별것 아니라는 표정으로 입을 열었다.

"에이, 결례는 무슨. 우리 사이에 그럴 수도 있지."

"역시! 대협께서는 성격도 호방하시군요! 제가 대협이
범상치 않은 분이라는 걸 진즉에 알아 뵈었어야 했는데 늙
어서 눈이 어두워 그만……."

객잔 주인이 꼬리라도 있으면 흔들 기세로 살갑게 말하
자 시우는 흐뭇하게 웃으며 말했다.

"그래서 방은 있지?"

"아이고, 물론입죠, 손님. 최고급 방이 준비되어 있습죠.
헤헤헤."

두 사람의 말투가 완전히 역전되어 있었지만 정작 당사
자는 그런 것을 인식하지 못하고 있었다.

"그럼 방으로 안내해 줄래?"

"물론입죠."

객잔 주인은 옆에서 대기하고 있던 점소이에게 가볍게
눈짓했다. 아무래도 본인이 직접 안내해 줄 생각은 없는 모
양이었다. 그러자 옆에서 계속 대기하고 있던 젊은 청년이

재빠르게 다가와 시우에게 방을 안내해 주었다.

조금 전 야율소하와는 달리 평범한 방으로 안내된 것이다.

하지만 시우는 전혀 분노하지 않았다.

그저 품에서 은자 두 개를 꺼내어 점소이에게 건넸을 따름이다.

"안내해 줘서 고마워."

"가, 감사합니다."

방값의 무려 스무 배를 봉사료로 주는 것을 탁자에 앉아 지켜보던 객잔 주인이 두 눈을 찢어질 듯 부릅떴다. 그러자 시우가 깜빡했다는 듯이 객잔 주인을 보며 말했다.

"아, 맞다. 그쪽에게도 챙겨 줬어야 하는데 내가 깜빡했네."

시우의 말이 끝나기가 무섭게 객잔주인은 그 비대한 몸집에도 불구하고 무림 고수보다도 빨리 앞으로 달려와서 두 손을 비볐다.

"아이고, 대협님. 제가 그만 사람을 몰라보고……."

"아니야. 자네는 참으로 훌륭한 사람이지."

객잔 주인은 공손하게 두 손을 내밀었다.

그리고 시우는 손가락을 튕겨 그곳에 동전 하나를 던지며 말했다.

"잘 쓰도록 해. 앞마당이 더럽던데 빗자루질도 좀 하고."

"……."

"그럼 난 좀 쉴게. 아! 먹을 건 나가서 사 먹어야겠어. 아무래도 음식에 무슨 장난을 칠지 몰라서 말이야. 하하하."

쾅—

문을 닫고 들어서는 시우를 보며 객잔 주인은 한동안 자신의 푸짐한 볼살을 푸들거리며 떨어야만 했다.

〈다음 권에 계속〉